Screentest

Dolf de Vries

Screentest

Van Holkema & Warendorf

Voor Pauline

ISBN 978 90 475 0911 0
NUR 284
© 2009 Uitgeverij Van Holkema & Warendorf,
Unieboek BV, Postbus 97, 3990 DB Houten

www.unieboek.nl
www.dolfdevries.nl

Tekst: Dolf de Vries
Omslagfoto's: Iofoto en WestEnd61
Ontwerp omslag en binnenwerk: Ontwerpstudio Bosgra BNO, Baarn
Zetwerk binnenwerk: ZetSpiegel, Best

I

Vanmorgen ging de telefoon.

Dat is nu drie uur geleden en ik sta nog te trillen op mijn benen. Klinkt misschien een beetje overdreven, ik bedoel: drie uur trillende benen is wel erg veel trillen. Maar als iemand had kunnen zien hoe ik schrok, zou die begrijpen dat ik nu nog niet ben bijgekomen. Het ging zo: ik hoor de telefoon, wacht tot mijn moeder 'm opneemt (want zij is er altijd als de kippen bij), maar hij blijft rinkelen dus ik neem op.

'Spreek ik met Lauren Bolk?'

De stem van een vrouw.

'Daar spreekt u mee,' antwoord ik. (Dat zegt mijn vader altijd en dan vind ik het idioot.)

'Je spreekt met Anneke, ik bel je namens Castingbureau Willem de Graaff.'

De telefoon schiet bijna uit m'n handen en mijn benen beginnen dus te trillen. Ik kan geen woord uitbrengen. Droge mond van de zenuwen. Met heel veel moeite krijg ik er 'o' uit.

'Je wordt uitgenodigd een screentest te doen. Dit naar aanleiding van de foto die je gestuurd hebt. Ik bel je vanwege je beschikbaarheid. Zit je nog op school?'

'Ik doe dit jaar eindexamen.'

Veel meer dan hijgen kan het niet zijn.

'Je hebt wel wat ervaring, hè? Je schrijft dat je speelt bij jeugdgroep Pinokkio, daar hebben we al eerder contact mee gehad. Zij waren erg tevreden over je.'

5

Ik wil antwoorden dat ik amper drie maanden bezig ben, maar ik begrijp dat er iets van me verwacht wordt.

'Ja, daar speel ik,' fluister ik.

'Heb je een agenda bij de hand? Dan kan ik een datum met je afspreken.'

Ik heb helemaal geen agenda! Alleen een schoolagenda.

'Ik zal 'm even pakken,' lieg ik.

Ik druk de hoorn tegen mijn buik en wacht een minuut.

'Daar ben ik weer.'

'Er is nogal haast bij, zou jij volgende week maandag kunnen, vroeg in de middag?'

Dan heb ik geschiedenis en Frans, maar ik verzin wel wat.

'Dan kan ik, hoe laat?'

'Schikt één uur je?'

Dan kan ik de hele dag niet naar school. Maar dat zeg ik niet.

'Prima.'

'Bij ons op kantoor. Je weet waar dat is, hè?'

'Ik weet alleen dat het in Amsterdam is.'

'Stom van me, natuurlijk weet je dat niet, je woont niet in Amsterdam. Heb je pen en papier bij de hand?'

'Pak ik even.'

Waar haal ik pen en papier vandaan? Stuk van de krant scheuren. Nou nog een pen. Altijd een pen in het mandje op de ijskast, nu natuurlijk niet.

'Nog effe, ik moet naar boven, kan nergens een pen vinden.'

Ben als de dood dat ze ophangt.

'Doe maar rustig aan, ik wacht wel.'

Ik hol de trap op, grijp een pen, duik naar beneden.

'Daar ben ik weer.'

Ik schrijf het adres op.

'O ja, dat was ik bijna vergeten. Vanmiddag stuur ik je de tekst toe. Het is niet veel, maar het is wel de bedoeling dat je die uit je hoofd kent. Dat lukt wel, denk ik.'

'Vast wel.'
Hoor mij es.
'Tot maandag dan.'
'Ja, tot maandag.'

Dat was dus drie uur geleden...
En nou kijk ik al naar de brievenbus!
Die Anneke moet de tekst nog op de post doen, maar ik gluur al
naar de brievenbus.
Gek van de zenuwen.
Op en neer rennen naar de wc en woedend op mijn moeder die
natuurlijk net nú zo nodig weg moest. Alweer naar de kapper?
Zou me niks verbazen.
Wie kan ik bellen? Want ik moet het aan iemand kwijt. Kijken of
Karin thuis is. Van de zenuwen moet ik haar nummer opzoeken.
Ik bel haar iedere dag, thuis of mobiel (volgens mijn moeder bel
ik haar om het uur), maar nu weet ik allebei haar nummers niet.
Wacht, ik weet het weer.
Haar moeder. 'Dag mevrouw, met Lauren, is Karin thuis?'
Of ik even wil wachten, ze zit op de wc. Kom ik net vandaan. Had
ze dat niet een halfuur eerder kunnen doen? Moet ineens zelf ook
weer. Gelukkig, ze is thuis.
'Ka, moet je luisteren, ik mag een screentest doen.'
Stilte.
'Zeg je niks? Hoe-oe, wakker worden, ik herhaal: ik mag een
screentest doen.' Ik hoor het mezelf zeggen: een 'screentest'. Als-
of ik nooit anders heb gedaan.
'Wat geweldig!' gilt Karin. 'Ik moest even bijkomen. Nou word je
beroemd... Wacht, nog niks vertellen, ik spring op de fiets, ben
zo bij je.'
Dat 'zo' valt heel erg tegen.
Ik loop nu al een kwartier rond te drentelen, maar mooi geen
Karin. Is zeker weer naar de wc gegaan. Ik heb nooit geweten dat

een huis zo verschrikkelijk leeg kan zijn. Het lijkt of de kamers veel groter zijn dan anders. Misschien ben ik ineens kleiner. Ik loop van de kamer naar de keuken en van de keuken terug naar de kamer en denk: als ik nog een keer heen en weer loop, is Karin er. Niet dus. Zal ik iemand anders bellen? Wie dan? Wacht, ik hoor het hekje. Ren naar de deur. 'Ben je daar eindelijk?'

Karin smijt haar fiets tegen de heg en stormt op me af. 'Hou je in, Bolk, ik heb me rot gehaast. Je bent nog niet beroemd, denk eraan.'

Ze duwt me naar binnen en we ploffen op de bank neer. Nog nooit ben ik zo blij geweest haar te zien. Dikkere vriendinnen dan Karin en ik bestaan er niet op de hele wereld. Zij is de enige die me Bolk noemt, we zijn nooit jaloers op elkaar en we vertellen nooit iets van elkaar door.

'Nou, zit daar niet zo interessant te zwijgen, vertel.'

Ik ben zo zenuwachtig dat ik alles door elkaar haal. Karin luistert, begrijpt er niks van en vraagt me opnieuw te beginnen.

Als ik klaar ben met mijn verhaal zegt ze een tijd niks en dan zegt ze ineens iets wat dwars door me heen gaat. Ze zegt: 'Wat goed dat je moeder heeft doorgezet.'

Wat goed dat je moeder heeft doorgezet.

Ze haalt mijn moeder erbij!

Ze zegt niks verkeerds, ze had het alleen niet op dit moment moeten zeggen. Een uur later was prima geweest, maar niet nu. Want ze heeft gelijk. Natuurlijk heeft mijn moeder die screentest geregeld. Ze regelt alles voor me, of ik dat nu prettig vind of niet. Vroeger ging ik nog wel eens tegen haar in, maar dat heb ik opgegeven. Zij heeft me ook aangemeld voor Pinokkio. Ze had van een vriendin gehoord over een jeugdtoneelgroep. Ik zat op jazzballet en had het daar naar mijn zin. Waarom zou ik naar een jeugdtoneelgroep gaan? Ik voelde er niets voor, maar als mijn moeder iets in d'r hoofd heeft... Ze had al gebeld om informatie te vragen. Zonder dat ze het er met mij over had gehad. Ik herin-

8

nerde haar aan mijn ballet, maar volgens mijn moeder kon ik het gemakkelijk allebei doen. Mijn vader vond jazzballet al onzin, ik wist precies wat hij zou zeggen als hij hoorde dat ik ook nog naar een toneelclub zou gaan. De man zou gek worden. Weer ruzie om mij!

Het zal wel slap van me zijn, maar ik doe altijd wel zo ongeveer wat mijn moeder wil. Misschien is dat omdat zij jong is, jong wil zijn. Omdat ze altijd tegen me zegt: 'We zijn vriendinnen; ik ben je moeder, maar ik ben veel liever je vriendin.' Als je dat vanaf de wieg hoort, ga je het geloven. 'Ik heb een rotjeugd gehad, ik heb er alles voor over dat jij het fijn hebt.' Ik geloofde dus dat zij het beste met mij voorhad, dat zij het beter wist dan ik. Soms denk ik dat zij mij dingen wil laten doen die ze zelf niet heeft gedaan of heeft kunnen doen. Of ík dat wil, vindt ze niet zo belangrijk. Ik denk wel eens dat het meer om haarzelf gaat dan om mij.

Toen ik tien jaar was, moest ik op tennisles. Na twee lessen kwam ze me vertellen dat de leraar haar had gezegd dat ik een talent was. Terwijl ik geen bal raakte! Maar ik moest trainen en als ik een wedstrijd moest spelen, zat ze me op de tribune aan te vuren, nou ja, ik schaamde me rot. Mijn vader is één keer mee geweest. We komen thuis, hij smijt de deur achter zich dicht en roept woedend: 'Dat doe ik dus nooit meer, je had gewoon schuim op je mond! Je bent haar moeder en niet haar trainer, en zoals jij tekeergaat, dat mag je een kind niet aandoen.'

Wat deed ik? Ik koos de kant van mijn moeder...

En dat doe ik nog steeds. Ik verdedig haar tegenover mijn vader, ook als ik diep in m'n hart vindt dat hij gelijk heeft.

Ik heb dat tennissen twee jaar volgehouden. Toen zag ze wel in dat ik Wimbledon nooit zou halen.

Jazzballet wilde ik zelf.

Eerlijk is eerlijk, ze was direct enthousiast. 'Zou ik ook willen,' riep ze, en even was ik bang dat ze met me mee zou gaan. Volgens mij is ze toen op aerobics gegaan. Doordat zij naar aerobics

9

gaat en ik naar jazzballet, heb ik het gevoel dat we het sámen doen. Als ze thuiskomt en ik kijk naar haar, superslank in haar maillot, vrolijk en opgewonden, dan is ze niet ouder dan ik en dan is ze mijn vriendin. Ploft ze naast me op de bank, dicht tegen me aan, lekker kletsen, dan bestaat er niets anders op de wereld.

'Je bent als was in haar handen,' zei Albert, mijn oudere broer, een keer.

Dat wil ik niet zien, maar het is wel zo.

Toen ze dus begon over die toneelclub, deed ik dat.

Omdat zij het voorstelde.

Omdat zij al had beslist dat ik zou gaan.

Ik denk dat ik het daarom niet kan hebben dat Karin dat zegt. Dat het goed is dat mijn moeder heeft doorgezet. Dat is wel het laatste wat ik nu wil horen!

Ik ben dus goed pissig, maar zeg niks. Karin is enthousiast, gaat uit d'r dak, gilt: 'Nu word je een bekende Nederlander,' en realiseert zich absoluut niet dat het noemen van mijn moeder het laatste is waar ik op zit te wachten. Ik probeer haar enthousiasme te temperen door haar erop te wijzen dat een screentest niet automatisch betekent dat ik de rol heb, maar dat maakt geen enkele indruk op haar. 'Jij bent hartstikke fotogeniek en op die club van je heb je hartstikke goed leren toneelspelen, dus er kan gewoon niks fout gaan.'

Ik mag toch van mezelf zeggen dat ik vrij nuchter ben, maar Karins blinde geloof in mijn uiterlijk en talent slaat op mij over, zodat we gierend van de lach en de opwinding kleren voor de screentest staan te passen als mijn moeder binnenkomt. 'Wat is hier aan de hand?'

En Karin gillen dat ik naar Hollywood ga en dat de wereld aan mijn voeten ligt. Mijn moeder nog harder gillen dat we even moeten dimmen, en eindelijk kan ik dan vertellen dat ik gebeld ben en maandag een screentest moet doen voor de soap *Het blauwe huis*.

Mijn moeder laat zich op mijn bed vallen, kijkt me aan alsof ik plotseling haar dochter niet meer ben en zegt: 'Wat ontzettend leuk voor je.' Dat heeft ze nog niet gezegd of ook zij begint zich met mijn kleding te bemoeien.

2

Vanavond kijk ik voor het eerst naar de soap.

Ik vind de titel nogal raar; *Het blauwe huis*, wat is dat nou voor titel? Maar Karin zegt dat titels onbelangrijk zijn. Ik knik gedwee maar denk er het mijne van. Waar speel je in? In *Het blauwe huis*. Dat klinkt toch niet?

Gelukkig heeft Karin vaker gekeken, want ik begrijp er geen ruk van. Mijn moeder beweert dat ze de soap nog nooit heeft gezien, een paar keer 'met een half oog', maar dat is onzin, want ze weet precies wie wie is.

Ik begrijp dat het over een gezin gaat, dat de vader directeur van een bank is, dat de moeder een stuk jonger is en dat die niks anders doet dan golfen. Lijkt wel een beetje op mijn eigen moeder. Een beetje veel. Ze golft dan wel niet, maar fitnest net zo fanatiek als die moeder golft. En net als zij zit mijn moeder meer in de sauna dan erbuiten. Ze hebben een zoon en een dochter, de zoon is volgens Karin een kanjer, dat zie ik niet direct maar wat niet is kan nog komen. Toch? Hij lijkt mij een beetje een kakker, maar Karin vertelt dat hij juist de kwaaie pier in het verhaal is die met geld speculeert en dat hij ook al eens met drugs bezig is geweest. 'Alle meiden zijn gek op hem, hij is echt een ster.' Van mij mag-ie. Ik kijk naar een scène waarin hij een denderende ruzie met zijn vader heeft en één ding is zeker: hij kan acteren. Wat gaat die jongen tekeer. Ik heb best wel eens tegen mijn vader geschreeuwd, maar zoals die jongen uit z'n dak gaat, dat is geen spelen meer, dat is echt. Misschien moet ik zeggen: net echt.

De vader lijkt me aardig, een jaar of vijftig, leuk gezicht, een rustig type. Het lijkt of hij niet acteert, ik bedoel: hij speelt heel gewoon, niet zo overdreven. Wat krijgen we nou? D'r liggen er twee te vrijen, en niet zo'n beetje ook. Moet ik dat ook doen?

'Dat is de dochter,' legt Karin uit. 'Die doet het met iedereen, ze is hartstikke populair, stond vorige week nog op de voorpagina van de *Story*.' En dan fel tegen mij: 'Je moet die bladen nu wel gaan lezen, Bolk, nog een paar weken en je staat er zelf in.'

Ik kijk naar de rest, maar ben te zenuwachtig om wat ik zie tot me door te laten dringen. Karin en mijn moeder blijven maar gillen en verzinnen voor mij de ene rol na de andere. Er komt geen knul in beeld of 'ik krijg er wat mee'. En ik maar denken dat ik dan ook moet vrijen. Ik heb dat een keer op toneelclub gedaan, nou ja, gedaan... voorzichtig met de monden op elkaar. Maar net toen ik dacht: 'Gebeurt er nog wat of moet ik beginnen,' duwde Rik me van zich af en speelde dat hij hevig in de war was. Hij had een vriendin, was bang dat ze jaloers zou worden. Zoiets.

Volgens Karin is zoenen op toneel anders.

'Bij toneel doen ze alsof, voor de camera moet het allemaal echt.' Waar ze haar kennis vandaan heeft, ik heb geen idee, maar ze doet ineens alsof ze in Hollywood is geweest.

Eén ding is zeker, als ze van mij verwachten dat ik me laat gaan zoals die twee waar ik nou zenuwachtig naar zit te gluren, zullen ze vreemd opkijken. Ik durf dat nooit, met een camera vlak naast me en dan uit m'n kleren gaan. Ben ik preuts? Dacht dat het wel meeviel, maar voor miljoenen nieuwsgierige televisiekijkers gaan liggen vrijen, ik weet niet of dat iets voor mij is.

Ik begin me af te vragen of ik die hele soap wel zo leuk vind. Wat heb ik nou helemaal voor ervaring? Niks toch? Amper drie maanden op die toneelclub, nog nooit voor een camera gestaan!

Ik probeer mijn moeder en Karin uit te leggen dat ik mijn bedenkingen heb, maar ik ben nog niet begonnen of mijn moeder gaat ertegen in. 'Dat is juist goed, daarom kiezen ze jou, omdat je spontaan bent.'

Karin valt mijn moeder bij en ik verdedig me door te vragen waar ze hun kennis vandaan hebben.

'Die vader en moeder, dat zijn ervaren acteurs, dat zie je zo, maar de jongeren moeten het hebben van hun spontaniteit. Dat is juist het leuke, hoe minder je geleerd hebt, hoe beter. Anders ziet het er gemaakt uit, en dat is voor televisie dodelijk,' legt mijn moeder uit.

Ik begrijp het, mijn moeder en Karin zijn kenners...

Ze geven me ook nog adviezen. 'Als je lastig overkomt, vlieg je er zo uit,' zegt Karin. Ik ben nog niet eens aangenomen en zij heeft het al over eruit vliegen. Karin ziet dat ik bedenkelijk zit te kijken. 'Logisch dat je zenuwachtig bent, Lauren,' zegt ze lachend, 'maar geloof mij nou maar, ze zouden je heus niet laten komen als ze niks in je zien.

Dat beurt op.

Mijn moeder wil ook nog een duit in het zakje doen, maar plotseling komt mijn vader binnen.

Hij ziet ons zitten, werpt één blik op de televisie, mompelt iets van: 'Ook dat nog, is er al niet genoeg ellende in de wereld,' en slaat de deur met een klap dicht.

Mijn vader is geen kenner.

Hij kijkt nooit tv. Af en toe naar het nieuws en naar voetbal. Pas op, als-ie naar voetbal kijkt, wordt-ie link. Behalve bij Albert, want 'die begrijpt waar het over gaat, die zegt geen stomme dingen'. En hij kijkt met Chrisje naar kinderprogramma's. Op zondagochtend zit-ie in zijn pyjama met Chrisje op schoot naar tekenfilms te kijken. Moet je zien wat voor gezicht hij trekt als ik vraag of Chrisje bij mij op schoot wil. 'Gunnen jullie me dat ene uurtje niet?'

Natuurlijk gun ik hem dat, ik zou alleen willen dat-ie es zei, één keertje maar: 'Kom erbij zitten, Lauren, gezellig naast me. Houd jij Chrisje even bezig, dan maak ik thee.' Iets aardigs, waaruit blijkt dat hij me zíét.

De dreun van de deur verpest mijn stemming.

'Morgen kijken we weer,' zegt mijn moeder. 'Hoe beter je weet waar het over gaat, hoe groter de kans dat ze je nemen.'

Maar het gevoel dat ik niet zo nodig meer hoef, gaat niet weg.

3

Die stomme Karin heeft het aan iedereen verteld. Ik heb haar voor ze gisteravond wegfietste nog zo gevraagd dat niet te doen, maar probeer Karin maar eens te temmen. 'Waarom wil je dat niet?' En ik: 'Omdat ik het zelf wel vertel als het zover is.'
Niet dus.
De een na de ander komt op me af.
Het is onmiddellijk duidelijk wie me wel ziet zitten en wie niet. Josée, Marianne en Hielke komen krijsend op me af. 'Lauren, wat geweldig, je komt op televisie, je wordt beroemd, misschien krijg je wat met Bob.' Karin heeft gelijk, ze vinden hem een stuk. 'Neem je hem een keer mee?' vraagt Marianne en Hielke wil weten of ik nu geen eindexamen doe. 'Vanwege je carrière,' gilt ze. De gekste vraag komt van Josée. Zij wil weten of ik thuis blijf wonen. Hoe komt iemand op zo'n gedachte?
Fatima fluistert: 'Gefeliciteerd, Lauren.' Ze zit al drie jaar bij me in de klas, maar is nog altijd zo verlegen dat ze niet verder komt dan fluisteren. In het begin vroeg ik haar wel eens wat, maar dan begon ze zo zielig te stotteren dat ik dat heb opgegeven. Percy, die uit Suriname komt en nog maar kort in Nederland woont, zei eerst niks, maar in de gang kwam hij achter me lopen en zei: 'Cool.' Als hij lacht, zie je alleen maar witte tanden.
Over het algemeen zijn de reacties positief.
Wat klinkt dat gewichtig.
Behalve die van Maureen. Maureen heet naar haar Engelse grootmoeder, en dat vindt ze zo interessant dat ze het wel honderd keer

heeft verteld. 'Mijn grootmoeder – ze zegt niet oma maar grootmoeder! – woonde op een kasteel in Sussex.' Ze zal er wel de kamers hebben schoongemaakt, wat een onzin. Aanstelster. Goed,
Maureen ziet me, komt met d'r kont draaiend op me af en zegt,
met een lage stem die ze van filmsterren heeft afgekeken, d'r ene
oog dichtgeknepen tegen de zon die er niet is: 'Wat hoor ik nou,
Lauren, jij *of all people* (dat Engels komt dus van die grootmoeder)
gaat een screentest doen? Nou, ik ben benieuwd. Als je nog adviezen wilt, ik heb een jaar of twee geleden in een film gespeeld,'
– Maureen in een film en dat zouden wij niet weten, hallo – 'dus
ik weet waar ik het over heb. Geen makkelijk wereldje hoor, je
moet wel heel erg sterk in je schoenen staan om je hoofd boven
water te houden. Waar is het ook weer voor, o ja, die soap hè, kijk
ik nooit naar. Ik heb niets, maar dan ook helemaal niets met
soaps.' Ze draait zich om en loopt weg. Ze laat me gewoon dood-
vallen! Ik wil haar iets vuils naroepen maar kan niks verzinnen.
Karin kan dat goed, in één zin iemand afmaken. Ik bedenk altijd
pas minuten later wat ik had moeten zeggen. Na twee middagen op
de toneelclub zei de regisseuse, Tineke, dat ik te bedachtzaam was.
Ik kreeg een heel heftige oefening op en na afloop dacht ik dat ik
het helemaal niet zo gek had gedaan, maar zij zei: 'Je moet je laten
gaan, durven, je niet inhouden, het is te cerebraal.' Ik knikken alsof
ik het begreep, maar ammehoela, ik heb geen idee wat cerebraal is.
Zal wel zijn dat ik mijn hersens te veel gebruik. Eerst denken en dan
pas doen. Als ik Tineke goed begrijp, moet het op toneel andersom.
Toen ik thuiskwam, vertelde ik dat Tineke had gezegd dat ik
cerebraal was en dat ik dacht dat dat betekende dat ik mijn hersens te veel gebruikte. Waarop mijn vader het weer niet laten kon
iets rots te zeggen. 'Ik hoop dat je op school ook cerebraal bent.'
Ik hield m'n mond verder maar. Ik doe mijn best te geloven dat
hij het goed bedoelt, maar meestal lukt dat niet. Dat hij niet met
mijn moeder kan opschieten, is niet mijn schuld. Maar ik doe
voor hem niet mee. Albert stamt uit de periode dat ze het nog

goed hadden met elkaar, ik kwam toen het eigenlijk verrot was en Chrisje toen ze het nog een keer probeerden. Aan Chrisje klampen ze zich vast, als ze erge ruzie hebben komen ze altijd bij hem uit. 'Als je maar niet denkt dat ik Chris bij jou laat.' En dan mijn moeder: 'Als jij denkt dat je hem van me af kunt nemen, vergis je je, stumper.'

Over mij wordt niet gesproken.

Ik ben van mijn moeder.

Of ik dat nou wil of niet.

De leukste reactie kwam eigenlijk van Zijlstra, onze leraar Nederlands. Nooit een woord mee gewisseld buiten de les, hij is verschrikkelijk streng. Nogal een nerd, zeurt maar door dat we boeken moeten lezen, niet alleen voor de literatuurlijst – dat is al erg genoeg – maar om ons te ontwikkelen. Hij komt op me af, ik denk: nou ga je het hebben, zegt-ie vriendelijk: 'Karin vertelde me net van je screentest, Lauren, en dat verbaast me nou niets. Ik zou liegen als ik zeg dat ik een liefhebber ben van het fenomeen soap, eerlijk gezegd kijk ik er nooit naar, dat moet je me niet kwalijk nemen, maar jij voor de camera, dat verbaast me in het geheel niet. We moeten niet op de zaak vooruitlopen, het is tenslotte slechts een test, maar ik ben ervan overtuigd dat je een goede kans maakt. Veel succes, Lauren. O, tussen twee haakjes: weet je al met wie je de screentest moet doen? Ik hoop voor jou met de vader. Dat is een goed acteur.'

Zo lief!

Zijlstra is voorgoed nerd-af!

Karin wou het niet geloven. Ik zeg: 'Die man is een schat, moet je horen.' Maar niks te luisteren, ze gilt: 'Zijlstra een schat, Bolk, je bent niet goed bij je hoofd, als dit het gevolg is van die screentest moet je het toch maar niet doen, er gebeuren griezelige dingen met je.'

4

's Middags komt eindelijk de postbode.

Of beter gezegd, ik ga naar de postbode toe. Hij loopt aan de overkant en moet de hele straat nog doen, maar ik kan het niet meer uithouden. Ik steek de straat over, kijk hem zo lief aan als ik maar kan en vraag of hij een brief voor mij heeft. Ik moet toch íéts hebben, want hij krijgt een kleur en laat bijna alle brieven uit z'n handen vallen. 'Je naam zit niet bij deze stapel,' zegt hij, en hij duikt opnieuw in zijn tas om een andere stapel te pakken.

'Sorry dat ik je ophoud,' zeg ik, 'maar het is verschrikkelijk belangrijk voor me.'

Hij kijkt me aan, god wat is-ie scheel, en vraagt of ik een liefdesbrief verwacht. Aan de manier waarop-ie lacht kan ik zien dat hij nog nooit een vriendin heeft gehad. Zielig.

Eindelijk, eindelijk...

CASTINGBUREAU WILLEM DE GRAAFF staat op de envelop. Met dikke zwarte letters.

Tot nu toe geloofde ik het nog niet helemaal. Af en toe dacht ik zelfs dat die Anneke me helemaal niet gebeld had. Dat ik het gedroomd had. Maar nu is het echt. Ik vergeet de schele postbode te bedanken en hol naar huis. Stoot m'n hoofd tegen de lamp naast de trap en ren daas de trap op.

Mijn moeder roept of er iets is, maar ik geef geen antwoord. Wil alleen zijn. Maar ik zit nog niet op mijn kamer of daar komt ze al. 'Ik zag je naar de postbode lopen, je hebt een brief, hè?'

Ik pak een schaar, maar mijn moeder waarschuwt dat ik te

zenuwachtig ben. 'Laat mij hem openmaken, je handen trillen veel te veel.'
Ze heeft gelijk, maar ik ben woedend. De brief is toch zeker voor mij?! Mijn moeder wil de brief natuurlijk als eerste lezen, maar dat zal haar niet lukken!
'Het is mijn post, blijf af, geef hier, ik wil hem eerst lezen.'
Ze kijkt me geschrokken aan, maar ik krijg de brief.

Beste Lauren,

Voor alle zekerheid bevestig ik hierbij de afspraak die ik telefonisch met je heb gemaakt. Je wordt aanstaande maandag om 1 uur verwacht. Naast Willem de Graaff zal ook Johan van Vliet, uitvoerend producent van Het blauwe huis, aanwezig zijn. Ingesloten vind je drie pagina's tekst, die je geacht wordt uit het hoofd te kennen.

Tot maandag,
Anneke de Vries

Ik krijg zelden post, heb verder alleen twee liefdesbrieven bewaard, maar deze gooi ik nooit weg. Ik neem me voor alles te bewaren, mocht ik in de soap komen. Zal morgen een map kopen. Of een plakboek.
Mijn moeder raadt mijn gedachte. 'Deze brief moet je bewaren, Lauren, morgen zal ik een plakboek voor je kopen.'
Zo gaat het nu altijd.

5

De tekst ken ik binnen een kwartier.

Mijn moeder wil me overhoren. Ik zeg dat het niet hoeft, maar ze zit al met de papieren voor me. 'Ik geloof er niets van dat je het nu al kent,' zegt ze, maar die woorden zal ze terug moeten nemen. Ik ben niet de slimste op aarde, maar uit m'n hoofd leren is een makkie. Mijn moeder doet de vader, die directeur van een bank is. Ik moet steeds om haar lachen, ze dreunt de zinnen niet zomaar op, nee ze probeert echt die bankdirecteur te spelen. Tussen haakjes staat dat Sandra – ik neem aan dat ik dat ben – de woonkamer binnen komt. Vader zit te lezen, ziet mij en zegt: Aha, jij moet Sandra zijn. Je komt voor mijn dochter, hoor ik.

Sandra: Ja, meneer.

'Dat moet je zenuwachtiger zeggen,' begint mijn moeder. 'Je bent bij een bankdirecteur, die woont niet zoals wij, misschien ben je wel binnengelaten door een bediende.'

Ik krijg er goed de pest in. 'Dat overhoren hoeft voor mij al niet, als je nou ook nog begint te vertellen hoe ik het moet doen, schei ik er onmiddellijk mee uit! Weet jij veel wie die Sandra is, misschien woont ze zelf wel in een villa, vindt ze het huis van die directeur maar niks, zou toch kunnen.'

Daar heeft ze niet van terug. 'We gaan door,' zegt ze tuttig.

Vader: Samanta belde net dat ze een kwartier later komt, iets met haar brommer geloof ik.

Maar dat komt me niet slecht uit, want ik wilde al een tijdje met je praten. Ga zitten, Sandra. Wil je iets drinken?

Sandra: Graag, meneer.

(Om mijn moeder te katten zeg ik het extra verlegen.)

Vader: Wat zal het zijn, jongedame?

Sandra: Cola graag, meneer.

Tot nu toe valt er weinig te leren, het grootste rund krijgt dit nog wel in z'n hoofd.

Vader: Je kijkt naar die foto aan de muur, dat is mijn zoon, daar wilde ik het net met je over hebben. (Sandra schrikt, gaat zitten) Om met de deur in huis te vallen: mijn vrouw en ik hebben de indruk dat jij hier niet voor Samanta komt, maar eigenlijk meer voor Bob. Klopt dat?

Sandra: (knoeit van de schrik cola) Ik ken hem amper, maar als het u geruststelt: hij is niet mijn type.

Die Sandra durft. Zou ik nooit durven zeggen. De vader is geïrriteerd. Begrijp ik best.

Vader: Jij bent geen katje om zonder handschoenen aan te pakken, lijkt me.

(Wat een tekst! Wie verzint zoiets?)

Sandra: Het is maar hoe je het bekijkt. Misschien vindt uw zoon het wel leuk dat ik hier kom.

Vader: Hoe bedoel je dat?

Sandra: Bob is een uitslover. Bovendien is-ie veel te oud voor mij.

Vader: Meisjes vinden oudere jongens toch juist interessant?

Sandra: In uw tijd misschien.

Vader: Wat ik je nu ga vertellen is nogal... Ik zou graag willen dat het tussen ons bleef.

Sandra: Tussen ons?

Vader: Het zou heel vervelende consequenties voor Bob hebben als hij wist dat ik met jou...

Sandra: Zegt u dan maar niks, ik ben nogal een kwek.

Vader: Mijn vrouw en ik waren nogal... opgelucht dat hier een meisje over de vloer kwam. Je komt uiteraard voor Samanta, maar wij meenden gemerkt te hebben dat jouw bezoekjes Bob niet onberoerd laten.

Sandra: Nooit iets van gemerkt.

Vader: Wij zijn van mening dat we jou niet onwetend kunnen laten over...

Sandra: Moet het zo gewichtig? Ik val niet op uw zoon, als u daar soms wakker van ligt.

Vader: Waar het op neerkomt, is dat wij het vermoeden hebben... wij denken wel eens dat Bob...

Sandra: Is-ie homo?

Vader: (schrikt overeind, kijkt haar woedend aan) Dat heb je mij niet horen zeggen!

Sandra: Maar u wou het wel zeggen!

Vader: Dat wou ik absoluut niet zeggen.

Sandra: Ik zit er niet mee hoor.

Vader: Bob is een heel sportieve jongen die...

Sandra: Geen tijd heeft voor meisjes!

Vader: Exact!

Sandra: Wat wou u dan eigenlijk zeggen?

Vader: Het enige wat ik je wilde zeggen is dat wij er geen bezwaar tegen hebben als jij...

Sandra: Bob in bed zou willen lokken. Wilde u dat zeggen?

Vader: (schreeuwt) Dat wou ik helemaal niet zeggen!

(De deur gaat open. Samanta komt binnen.)

Vader: Wie hebben we daar? Hoe later op de avond, hoe schoner het volk. We hadden het net over je.

Sandra: (kijkt verbaasd) Hadden wij het over Samanta? Kan ik me niet herinneren.

Samanta: Mijn vader is wel vaker in de war.

Vader: (lacht) Jongedames, ik laat jullie alleen. Ik heb werk te

doen en jullie kunnen me missen als kiespijn. (loopt naar de deur)
Samanta: Niet zo bescheiden doen, pa.
Vader: (draait zich om) Heeft je moeder nog gezegd of ze van-
avond thuiskomt?
Samanta: Ik heb haar niet gezien sinds ik uit school ben.
Vader: (zucht) En dat was drie uur geleden. (gaat de kamer uit)
Sandra: Die heeft het ook niet leuk, zo te zien.
Samanta: Waar hadden jullie het over?
Sandra: Ik zei tegen je vader dat-ie de verkeerde sokken aan had
en daar werd-ie erg kwaad om.
(Close-up Samanta, die met vragende blik naar Sandra kijkt.)

Ik ken het toch minder goed dan ik dacht. Maar er gebeurt iets
geks met me. Terwijl mijn moeder de tekst van de vader leest,
krijg ik ineens medelijden met hem. Als-ie, vlak voordat hij de
kamer uit gaat, verzucht: 'En dat was drie uur geleden,' dan
wordt hij – hoe moet ik dat nou uitdrukken – zielig. Hij weet dat
zijn dochter dus de hele middag alleen op straat heeft rondge-
hangen, hij was op kantoor en zijn vrouw was de hort op. In dat
ene zinnetje voel je dat het een slecht huwelijk is. En dan maakt
hij zich ook nog zorgen om zijn zoon. Die Sandra is een koele
kikker, heeft schijt aan die man. Dat brengt me in de war. Hoe
reageer ik zelf als mijn ouders weer eens ruzie hebben? Net als
die Sandra? Dat van die sokken vind ik erg geestig, zou ik zelf
nooit zo snel verzinnen. Die Samanta is ook zo hard tegen haar
vader, gek dat ik dat naar vind terwijl ik zelf niet anders doe tegen
mijn eigen vader. Wie zei ook alweer dat soap het dagelijks leven
is? Albert is allesbehalve homoseksueel, maar verder staat die
scène erg dicht bij mijn eigen leven. Straks heeft die Samanta ook
nog een jonger broertje of zusje. Hoe komt het dat ik wil weten
hoe die vader is en dat die moeder me geen barst interesseert? En
wat gaat er door het hoofd van mijn moeder terwijl ze die vader
zit te lezen? Ze moet toch ook aan onze situatie thuis denken?

Daar blijkt niets van. 'Spannend hoor,' zegt ze, 'jij kunt die Sandra vast heel goed spelen.'

'Ik hoef alleen maar aan thuis te denken.'

Het is eruit voor ik het weet. Ik schrik er zelf van, wil zeggen: 'Zo bedoel ik het niet,' maar dat zeg ik niet omdat mijn moeder me aankijkt met een blik die ik nog nooit van haar heb gezien. Zo bijna eng verdrietig. Dan haalt ze haar hand door haar haar, staat op en zegt: 'Die heb ik even niet gehoord.'

Ze pakt een foto die altijd vlak naast mijn bed staat. Ons gezin, vlak na de geboorte van Chrisje. Ik hou van die foto, het zal wel sentimenteel zijn, maar we zijn daar echt een gezin. Albert vrolijk lachend, mijn vader ook blij – zo zie ik hem bijna nooit kijken – mijn moeder knap, vrolijk en nog jonger met Chrisje in d'r armen en ik ertussen, mijn mond dicht omdat ik me schaam voor mijn beugel.

Mijn moeder houdt de foto vast, zegt 'tja, ja' en zet de foto weer terug. Bij de deur draait ze zich om, net als die vader, kijkt mijn kamer rond en zegt: 'Neem jij het nog maar een keertje door, vanavond doen we het nog eens.' En weg is ze.

6

Die avond heb ik een ernstig gesprek met mijn vader.
'Laten we eens praten,' zegt hij en dan weet ik hoever het is. Ik
wil nog een smoes verzinnen maar durf niet. Dus zeg ik maar zo
onverschillig mogelijk: 'Mij best.'
Chrisje ligt in bed, mijn moeder is naar het zwembad, Albert is
uit huis. We zitten tegenover elkaar.
'Hoewel je er mij tot nu toe niets over verteld hebt, wat toch normaal was geweest, ik ben tenslotte je vader...'
'Kreeg ik de kans niet voor,' val ik in.
'Laten we nou proberen voor één keer niet vijandig tegenover elkaar te staan. Al denk jij dat het niet zo is, ik heb het beste met je
voor, Lauren.'
Dat gekwijl ken ik.
'Je moeder mag me dan ouderwets vinden, ik loop nog niet zo
achter dat ik niet begrijp dat zo'n screentest iets spannends is,
iets uitdagends, en jij houdt van uitdagende dingen.'
Daar kijk ik van op. Mijn vader die zegt dat ik van uitdagende dingen hou! Hij lacht, waarom lacht die man toch zo weinig? Hij is
leuk als-ie lacht, jonger.
'Ik ben niet gek, Lauren, ook al wordt dat hier in huis gesugge-
reerd, en ik let heus wel op je.'
Er kruipt iets gemeens in me, iets wat ik niet begrijp en wat me
anders maakt dan ik ben. Het is net alsof ik mijn vader aardig
begin te vinden, maar dat ik dat niet mag. Omdat ik dat niet begrijp, en omdat het altijd zo gaat tussen mijn vader en mij, zeg ik

dingen die ik helemaal niet wil zeggen. Het is net alsof ik het mezelf hoor zeggen, alsof een ander praat. Ik wil roepen: 'Hé, wacht
even. Dat wil ik helemaal niet zeggen,' en toch komen de woorden uit mijn mond. Ik kan ze niet tegenhouden. 'Waar hebben
we het eigenlijk over? Ik doe voorlopig nog maar een test, de
kans dat ze me niet nemen is groter dan dat ze me wel nemen.'
Ik ga in de aanval, zoals meestal. Laat hem maar kwaad worden,
ben ik ervan af.
Maar hij blijft rustig. Steekt een sigaar op.
Doet-ie nooit.
'Het gaat mij niet alleen om die screentest; als het dat niet is,
komt er wel wat anders. Voor je het weet ben je van school af, en
wat dan? Wat zijn je plannen? Heb je daarover nagedacht?'
Krijgen we dat.
'Hebben we het nou over mijn screentest of niet? Ik kan je niet
volgen, ga je ineens over mijn toekomst beginnen. Ik moet eerst
mijn eindexamen halen.'
Hij blijft vriendelijk. 'Je hebt gelijk, het gaat me om die televisie-
plannen, dat eindexamen komt vanzelf wel. Daar heb ik alle vertrouwen in.'
'Da's dan voor het eerst dat ik dat hoor.'
'Zo vaak heb ik de kans niet met je alleen te zijn. Jij en je moeder...'
Eventjes vind ik hem zielig. Maar dan voel ik drift in me opkomen. Altijd dat 'jij en je moeder'.
Hij ziet dat ik kwaad word en gaat snel door. 'Dat wou ik niet
zeggen. Ik heb niet de behoefte mijn huwelijk met mijn dochter
te bespreken. Misschien begrijp je dat het niet makkelijk voor me
is te praten over zaken die eigenlijk al besloten zijn. Ik weet dat
Ilse – hij noemt mijn moeder zelden bij haar naam! – het prachtig vindt als haar dochter op televisie komt. Dat soort dingen
heeft ze zelf altijd gewild, misschien heeft ze er nog aanleg voor
ook. Toen we net getrouwd waren...'

Hij kijkt naar buiten.
Gaat-ie huilen?
Nee toch.
Als ik ergens niet tegen kan, is het een huilende vader.
Ik wacht af, weet niks te zeggen.
'Dat jazzballet en die toneelclub, dat heb je niet van mij. Laat ik het daarbij laten. Ik heb me er verder niet mee bemoeid, maar met die televisie ben ik het totaal niet eens. Doe eerst nou maar je eindexamen en zie dat je dat haalt. Je hoeft van mij niet direct een baan, ga eerst een cusrus volgen, of een studie. Je hebt een goed stel hersens. Zonder een goede opleiding kom je nergens. Die televisie kan altijd nog. Als ze je nu willen hebben, bellen ze je nog wel eens. En bovendien: die televisiewereld... voor zover ik ervan weet, komt er niets goeds van.'
Ik schiet overeind. 'Wat weet jij daar dan van?'
'Genoeg om mijn dochter daar niet aan uit te willen leveren. Je komt amper kijken, bent niet in staat om je in die wereld te handhaven, je bent nog een kind!'
Hij zit zich op te winden. Verslikt zich, moet hoesten.
Ik zeg niks.
Na een tijdje gaat hij door. 'Ik heb me afgevraagd of ik het je domweg zou verbieden...'
'Verbieden?' Ik geloof dat ik niet goed word. Hij zal het me toch niet gaan verbieden?
'Verbieden ja, dat recht heb ik.'
'Als je dat doet...'
'Dan ben ik je kwijt. Daar heb ik ook aan gedacht. En dat lost niets op. Dus verbieden kan ik het je niet.'
Geen van ons beiden zegt iets. Na een tijdje vraag ik: 'Waarom vind je het dan zo erg?'
'Dat kan ik je niet uitleggen. Dat wil je toch niet horen. Ik ben bang om jou in die wereld los te laten. Wij zijn maar eenvoudige mensen. Je komt terecht in een glamourwereld, je komt in bla-

den te staan... Maar ach, jij wilt niets liever dan dit, kan ik dan verwachten dat je doet wat ik je vraag?'

'Tot nu toe heb je me nog niks gevraagd.'

'Punt voor jou.' Weer die lach. Hij praat nu bijna niet meer tegen mij, meer in zichzelf, een soort mompelen.

'Mijn probleem is dat het te maken heeft met Ilse en mij. En daar wil ik het niet over hebben. Ik ben bang, Lauren, je maakt al zoveel mee dat een meisje niet mee hoort te maken. Je moeder en ik... denken over zo veel dingen anders. Die hele artiestenwereld, die past niet bij ons... bij mij. Misschien later, als je zelfstandig in de wereld staat, nu nog niet. Je bent te jong, te onervaren. Ga me nu niet vertellen dat alles veranderd is, dat je helemaal niet onervaren bent, dat jullie veel vrijer zijn dan... hoewel, ik vraag me vaak af of dat zo is... Ik bedoel dat je nog niet weet, kunt weten, wie je bént. Je bent nog zo kwetsbaar. Begrijp je een beetje wat ik bedoel?'

Ik begrijp heel goed wat hij bedoelt! Het is niet voor niets dat ik me af en toe afvraag of ik die screentest wel wíl. Dat ik af en toe hoop dat het niet doorgaat. Waarom zeg ik dat dan nu niet? Waarom zeg ik dat ik er geen woord van begrijp? Waarom kies ik weer voor mijn moeder?

'Ik begrijp niet waar je je zorgen over maakt. Het lijkt me gewoon leuk. Bovendien moet ik die screentest nog doen. Dat schijnt iedereen te vergeten. De kans dat ik niet aangenomen word, is groter dan dat ze me wel willen hebben.'

Hij staat op. Zegt: 'Ik had niet anders verwacht.' Terwijl hij naar de deur loopt, mompelt hij: 'Ik loop een blokje om.'

Einde.

Ik voel me ellendig. Ongelofelijk ellendig. Ik blijf die woorden maar horen. *Je weet nog niet, kunt niet weten, wie je bént.*

Ik dwing mezelf kwaad te worden.

Pak mijn fiets. Naar Karin.

Op de hoek van de straat zie ik hem in de verte lopen. Mijn vader, denk ik.

Ik kan niet slapen, raak dat beeld van mijn vader die ik in de verte zie lopen, zo eenzaam ineens, niet kwijt. Mijn vader hamert erop dat niets belangrijker is dan school, alles is bij hem ondergeschikt aan voldoendes of onvoldoendes, aan resultaten en aan 'zonder een goede schoolopleiding bereik je niets in het leven'. Aan de andere kant staat mijn moeder, die er veel meer in geïnteresseerd is of ik vriendjes heb, of ik populair ben, of ik wel aan alles meedoe. Die geen benul heeft van havo, vmbo of vwo, die een 5 al heel bijzonder vindt en die zelf zo de pest had aan haar schooltijd dat ze die mij het liefst had willen besparen.

Hoe meer mijn vader spreekt over het belang van school, hoe meer zij 'leren' belachelijk maakt. Dat constante gevecht van die twee, eigenlijk over mijn hoofd heen, heeft me onverschillig gemaakt.

Ik denk dat onverschilligheid het ergste is wat er bestaat. Onverschillig betekent dat je niks voelt, niks denkt, niks wilt. Dat je zo bent, lijkt de schuld van anderen. Altijd de schuld van een ander. Maar het is natuurlijk niet de schuld van anderen. Ik lig daar in bed over te piekeren. Als ik aan mijn schooltijd denk, zie ik mezelf, een meisje dat maar één ding wilde: niet opvallen. Me vastklampen aan andere meisjes en doen wat zij doen. Aantrekken wat in de mode is. Naar popconcerten gaan en me vergapen aan sterren die precies doen waar ze zin in hebben. Verlangen dat ik ook zo zou kunnen zijn. Ik heb nog nooit zo duidelijk ingezien dat ik het kind ben van mijn vader én mijn moeder. Ik begrijp mijn vader, ben eigenlijk ook een degelijk trutje, maar ik heb ook veel van mijn moeder. Diep in mijn hart ben ik blij dat ze die toneelclub voor me geregeld heeft. Want als ik speel, vergeet ik wat ik dan maar mijn 'degelijke vaderkant' noem. Aan de ene kant hoop ik verschrikkelijk dat ik in die soap kom, aan de andere kant ben ik er als de dood voor.

7

Wat deed ik het weekend vóór de test?

Ik zit op mijn kamer en probeer de afgelopen dagen in gedachten door te nemen. Iedereen bemoeide zich met me. Waar ik mijn gezicht ook liet zien, iedereen scheen te weten dat ik naar Amsterdam ging om een screentest te doen. Of, als ze het niet precies wisten, zeiden ze: 'Je gaat iets bij de televisie doen, hè.'

Ik heb nooit geweten dat op televisie komen voor veel mensen net zoiets is als bij de koningin op visite gaan. Dat overdrijf ik natuurlijk, maar dat ik plotseling in het middelpunt sta, is zeker. Zelfs dat mens van Jelgers, schuin tegenover ons – mijn moeder heeft al jaren ruzie met haar omdat ze, toen Chrisje nog maar net geboren was, zei dat-ie er ziekelijk uitzag – zelfs dat mens steekt de straat over om iets tegen me te zeggen. 'Kijk es aan, kleine meisjes worden groot. Geen verbeelding krijgen, Lauren. Waar bemoeit ze zich mee?

Bij de bakker kom ik Rutger tegen. Ik zit al jaren bij hem in de klas, we kletsen best met elkaar, maar veel heeft het niet om het lijf. Nu zegt-ie: 'Veel succes maandag, Lauren, het zal vast wel lukken, je ziet er goed uit!' Rutger die zegt: 'Je ziet er goed uit!' Dat is hetzelfde als wanneer Zijlstra zou zeggen dat boeken lezen slecht is voor een leerling. Ik bedoel: ondenkbaar!

En zo ging het maar door. Wat ik zo griezelig vind, is dat iedereen doet alsof ik al in die soap zit! Wat zullen ze straks zeggen als ik moet vertellen dat het helaas niet doorgaat? Van mevrouwtje Jelgers weet ik het al: 'Ik wou het je de eerste keer niet zeggen, maar ik wist direct dat het te hoog gegrepen was voor je. Een leuk smoeltje wil nog niet zeggen dat je talent hebt.'

En maar lachen.

'Waar maak je je druk om,' zei Karin. 'Je moet je van niemand iets aantrekken, je doet het gewoon voor de lol. Nee heb je, ja kun je krijgen, zo is het toch?'

De gekste dingen duiken op in mijn hoofd. Ik denk terug aan hoe het allemaal begon.

'Moet je kijken,' riep mijn moeder opgewonden, 'er staat hier een advertentie, iets voor jou. Ze gaan een musical doen, kijk dan, doe niet zo sloom, hier staat het: Joop van den Ende gaat een musical produceren. Jonge meisjes met balletervaring kunnen zich aanmelden voor een auditie. Dat is nou echt iets voor jou, heb je tenminste wat aan je jazzballet.'

Ik zit met m'n mond vol tanden, mijn moeder is niet te houden. 'Er staat dat je je gegevens moet insturen en een foto. Gaan we vanmiddag laten maken. Ik ben er helemaal opgewonden over, je mag voor een keertje mijn leren broek aan. Nog niks tegen je vader zeggen hoor, die vindt het uiteraard weer bespottelijk. En je moet je haar doen zoals je het laatst had bij Karins verjaardag, weet je nog, dat feest waar je zo tegen opzag maar dat achteraf geweldig was, en...'

Ze ging maar door.

En ik zat maar voor me uit te kijken.

Ik trok aan wat ze voor mij uitzocht.

Ze kamde mijn haar.

Maakte me op.

Zei dat ik er schitterend uitzag. 'Ik ben trots op je.'

Ik liet me meevoeren naar een fotograaf.

Maar toen we thuiskwamen, zei ik dat ik niet ging.

En ik hield vol.

Hoe ze ook probeerde me over te halen, ik weigerde.

'Waarom wil je niet, je wilt nooit iets, waarom ga je dan naar jazzballet, iedereen die je gezien heeft, zegt dat je aanleg hebt, doe er dan iets mee! Andere dochters zouden blij zijn met een moeder die hen stimuleert, waarom verzet jij je tegen iets waarvan ik weet dat je me er later dankbaar voor zult zijn? Mijn moeder leefde niet zo met mij mee als ik met jou. En zit daar niet zo hooghartig naar me te staren. Ik doe alles voor je, riskeer ruzie met je vader, en wat doe jij? Zitten! Voor je uit kijken! Kansen laten lopen!'

Woedend liep ze de kamer uit.

Een dag lang zei ze niks tegen me.

Maar dat ze bij de soap een foto van mij hadden.... Mijn moeder had gewoon de foto die ze al naar de musical had gestuurd wéér op de post gedaan! Dit keer kon ik er niet tegen op. Weer stond ze voor me met een krant. 'Als je dit keer nee zegt, doe ik nooit meer iets voor je. Dit is echt wat voor jou. Een screentest. Lees maar. Hier, pak aan, lees dan. Ik heb Tineke gebeld en die is het met me eens.'

Ik las. En terwijl ik las, dacht ik: ze heeft zelfs Tineke gebeld.

Dit keer pakte ze het anders aan. Handiger. Ze bleef heel rustig. Begon over de toneelclub, hoe blij ik altijd thuiskwam. Dat ze me nog nooit zo ontspannen had gezien als sinds ik naar Pinokkio ging. Dat het goed voor me was. Het gaf mij zekerheid. Dat ze alleen maar zo veel moeite deed om mij gelukkig te maken. 'Hoe je het ook bekijkt, liefje, het leven draait om geld. Ik heb mijn hele leven moeten sappelen. Waarom denk je dat ik vijf ochtenden de deur uit ga om op een luizig kantoor achter een computer te zitten? Denk je dat ik dat leuk vind? En denk jij dat ik datzelfde leven voor jou, mijn enige dochter, wil? Je weet wel beter. Iedere moeder wil dat haar dochter het beter heeft. Moeders die dat niet willen, zijn abnormaal. Ik zie jou niet verder leren, daar heb je het geduld niet voor. Misschien wel de hersens, niet het geduld. Albert heeft minder hersens dan jij, maar als-ie iets in z'n hoofd heeft, zet hij door. Je vader zou het liefst hebben dat jij na je eind-examen nog een of andere opleiding gaat doen. Hij droomt ervan dat je gaat studeren. Hij wil niet inzien dat jij anders in elkaar zit dan hij graag zou willen. Weet je wat belangrijk is, Lauren? Dat je onafhankelijk bent. Je eigen geld verdient. Dat je niet hoeft zitten wachten op een man. Dit is je kans, Lauren, je doet iets wat leuk is, waardoor je bekendheid krijgt en je verdient er ook nog mee. Nou zeg ik niks meer, ik heb al veel te veel gezegd, denk er maar eens over na.'

Toen zei ze zoiets slims, daar had ze me mee. Ze zei: 'De vorige keer, met die musical, dat was stom van me. Dat was niks voor jou, daar was je toen nog niet aan toe. Daar heb ik spijt van gehad. Maar ik voel gewoon dat dit iets voor jou is.'

Het leukste aan mijn moeder is dat ze spontaan is. Ze sprong naast me op de bank en gaf me een zoen.

Haar arm om me heen, haar luchtje van die heel speciale parfum herken ik overal.

Ik besloot dat ik niemand zou vertellen dat mijn moeder een foto van mij had gestuurd. Dat zij het weer geregeld had.

Behalve natuurlijk aan Karin. Maar die wist het al...

8

Mijn vader zie ik bijna niet.

Ik vind dat prettig, maar ook weer niet.

Dat ene gesprek met hem is me niet in de kouwe kleren gaan zitten. Ik had liever gezien dat we er goed uitgekomen waren. Niet in die ruziesfeer. Ik had hem eigenlijk willen zeggen dat ik weet dat hij het goed bedoelt, maar dat hij een beetje vertrouwen in me moet hebben. Dat ik niet een kind ben dat alleen maar voor geld of roem op de televisie wil. Dat ik het leuk vind een tijd iets heel anders te doen en dat ik vind dat als ik de kans krijg, ik die kans moet grijpen. Dat ik dat wil. En dat hij niet bang moet zijn dat ik verschrikkelijk ga veranderen. Dat ik er toch zelf bij ben? Hij heeft toch geen aanleiding om dat te denken?

Daar had ik over willen praten.

Stom dat het niet gebeurd is.

Ik word stapelgek van die drie papiertjes tekst. Als ik er niet mee in mijn handen zit, voel ik me schuldig. Ken de tekst van voor naar achteren, van links naar rechts, van boven naar onder. Noem een zin en ik maak hem af. Mijn moeder overhoort me, Karin overhoort me. Of neemt me mee naar de disco, zoals vanavond, om niet aan de tekst te hoeven denken.

Ik voel me lekker in een disco. De muziek kan mij niet hard genoeg en hoe warmer het is, hoe beter. Lekker zweten, lekker uit je dak gaan. Moe word ik nooit; als je mij om elf uur op de dansvloer zet, dans ik om twee uur nog. Het liefst met een jongen, nog liever met een jongen die goed kan dansen, maar met een meisje vind ik ook prima. Het gaat mij om het dansen, het kan mij niet wild genoeg. Ben ik in het dagelijks leven misschien niet zo'n uitbundig typje, als ik dans heb ik geen grenzen, laat ik me totaal gaan. Misschien vind ik het daarom zo... uitdagend, zou dat het zijn? Dat ik, als ik dans, meer mezelf ben? En is mijn vader daar bang voor? Voor wie ik dan bén?

Niet aan mijn vader denken!

Daar staat Percy. Ik moet zien bij hem in de buurt te komen, wil nu wel eens weten of Josée gelijk heeft dat hij goed kan dansen. Ik zwaai naar hem en hij ziet me. Komt naar me toe, brult: 'Leuk is het hier.' Lacht met die grote witte tanden. We dansen.

Heb ik wel eens vaker zo met een jongen gedanst?

Ik kan het me niet herinneren.

Hij doet niks, beweegt z'n lijf amper, alleen z'n heupen, maar ik zweef. Weet niet wat me overkomt. Ik raak opgewonden, wil aan hem zitten. Het zweet druipt van me af, van hem ook. Ik wil blijven dansen, er wordt naar ons gekeken. Dit ben ik ook, Percy haalt iets wilds bij me naar boven. Dat overkomt me ook wel eens bij een popconcert. Je lichaam voelen, willen vrijen.

Pauze.

Rauw.

Percy kijkt me aan en zegt: 'Oef, wat ben ik heet.'

Daar moet ik vreselijk om lachen.

'Wat is er?' vraagt hij. 'Heb ik iets geks gezegd?'

Ik hik: 'Nee hoor, je moet alleen zeggen dat je het warm hebt, heet is heel iets anders.'

Hij krijgt een kleur. 'Je danst goed,' zegt hij, en weg is-ie. Even later danst hij met Josée. Die heeft een grote bek, maar dansen? Lijkt nergens naar.

En dan dreigt de avond een totale ramp te worden.

Mijn moeder komt binnen!

'*Of all people*' zou Maureen zeggen.

Met haar vriendin Chantal.

Allebei in zwart leer.

Eerst heeft ze me niet in de gaten, maar als ze me ziet, komt ze naar me toe. Blij lachend, alsof er niets aan de hand is. Alsof het niet bezopen is, je moeder in een disco. 'Hoi,' roept ze, 'we waren samen naar de bioscoop en toen wilde Chantal dansen.'

Ik weet geen woord te zeggen.

'Gezellig is het, hier ga je dus altijd naartoe,' zegt mijn moeder boven de muziek uit.

Chantal staat al een beetje te dansen, ze ziet er bijna nog jonger uit dan mijn moeder, terwijl ze ouder is. Ze zijn onafscheidelijk, mijn moeder en Chantal. 'Als ik Chantal niet had, zou ik niet weten hoe ik overeind moest blijven,' zegt mijn moeder altijd als ze in een dramatische bui is. Ik mag haar, maar ben niet gek op haar. Ze is te veel een verlengstuk van mijn moeder, doet tegen mij te vriendinnerig en daar heb ik niks mee. Prima dat ze mijn moeders vriendin is, maar daarom hoeft ze nog niet de mijne te zijn. 'Lauren, wat geweldig van je screentest!' tettert ze in mijn oor. 'Ik zal voor je duimen. En nou gaan we dansen!' Nou ja, alsof ze krankzinnig is geworden! Zeker met de vriendin van je moeder!

'Rustig aan, Chantal, neem mijn moeder maar,' schreeuw ik. Ik duw haar uitgestoken hand weg.

Mijn moeder ziet Percy en voordat ik weet wat er gebeurt, heeft ze hem mee de dansvloer op getrokken. Je kunt van mijn moeder zeggen wat je wilt en ik heb zelf het een en ander op haar aan te merken, maar dansen kan ze. Ik zie best dat er bewonderend naar haar gekeken wordt. Vind ik dat leuk? Toch wel. Mijn kwaadheid begint te zakken. Misschien stel ik me aan, zo te zien ben ik de enige die het raar vindt dat mijn moeder zich staat uit te sloven. Dadelijk komt mijn vader ook nog binnen!

Ik weet niet wat ik van de verdere avond denken moet. Mijn moeder zie ik niet meer.

Chantal ook niet. Pas tegen sluitingstijd komen ze tevoorschijn. 'Ik ben drijfnat,' hijgt mijn moeder.

Chantal beweert dat ze een heerlijke avond heeft gehad.

Ik heb met ene Francis gedanst.

En met jongens van wie ik de naam niet weet.

Geen woord mee gewisseld.

Mijn vader zit thuis, moet op Chrisje passen.

Mijn moeder gaat uit.

Naar een discotheek.

Normaal?

Ik weet het niet.

Hoe dan ook, ik heb de hele avond geen minuut aan mijn screen-test gedacht. En dat was de bedoeling. Dus toch een goede avond.

Wat ik zondag gedaan heb, ik zou het niet weten. Gehangen, denk ik. Volgens mijn vader doe ik niet anders. 'De jeugd van tegenwoordig hangt.' Dat is een geliefde uitspraak van hem. Ik heb dus gehangen. Ik zal ongetwijfeld uren aan de telefoon hebben gehangen, want daar ben ik erg goed in. Niks beter tegen verveling dan iemand bellen. 'Met mij,' en dan lekker lullen.

Albert kwam tegen het eind van de middag thuis. Tot mijn verbazing was hij aardig tegen me. Hij noemde me 'zus' en dan is er echt iets bijzonders aan de hand. 'Mijn kleine zus gaat op oorlogspad, nog even en ik ben de broer van Lauren Bolk. Je zult het niet geloven, maar ik hoop dat het je lukt.' En toen gaf-ie me een zoen! Albert die mij zoent! Ik wist niet wat me overkwam.

Al die tijd ben ik bezig met m'n tekst.

Ik kan slecht luisteren naar anderen. Dat is toch al niet m'n sterkste punt, maar nu schiet midden in een verhaal waar ik naar luister een flard tekst door m'n hoofd.

'Bolk, mijn twijfels groeien hoor, als dit nodig is om actrice te worden moet je die screentest misschien maar vergeten,' zei Karin.

Ik haal alles door elkaar, krijg paniekaanvallen als ik het niet meer weet, probeer me voor te stellen hoe het zal zijn als ik aangenomen word en hoe het zal zijn als ze me niet zien zitten.

9

Eindelijk is het maandag.

Ik hoef van mijn moeder niet naar school. 'Dat geeft maar problemen met die twee middaguren, iedereen weet dat je een screentest hebt, ik regel dat wel met de directeur.'

Mijn vader is nog vroeger dan gewoonlijk naar z'n werk. Hij wil mij natuurlijk ontlopen, als ik eerlijk ben begrijp ik dat wel. Maar leuk is anders. Het zou toch geweldig zijn als je vader op je wacht en voordat hij de deur uit gaat iets aardigs tegen je zegt. Het hoeft niet veel te zijn, maar dat hij laat merken dat hij wéét wat een belangrijke dag het is. Zelfs als hij er anders over denkt. Mijn vader kan dat dus niet opbrengen. Ik had niet anders verwacht, maar... ik wil het niet te dramatisch maken.

Mijn moeder zegt aan het ontbijt – ze heeft echt een ontbijt klaargezet, dat is toch lief van haar, compleet met een gekookt ei erbij – dat ze graag mee wil naar Amsterdam. Nou vond ik dat ontbijt net zo lief. 'Ik dacht dat we dat gisteren ook al hadden besproken,' zeg ik nijdig. Dit keer houd ik m'n poot stijf. 'Er gaat niemand met me mee, dit doe ik alleen.'

Ze kijkt me geschrokken aan en zegt: 'Wind je niet op, ik wou alleen maar aardig voor je zijn. Ik was heus niet mee naar binnen gegaan.' Hallo zeg, dat had er nog bij moeten komen. Ik hoor het al: 'Je moeder ziet er goed uit, misschien hebben we voor haar ook wel een rol.' Niks ervan, eerst maar zien dat er voor mij een rol is.

Krijg geen hap door m'n keel. Dat eitje gaat nog net.

Karin belt. Vraagt voor de honderdste keer of ze mee mag.

'Nee Ka, echt niet. Dat maakt me alleen nog maar zenuwachtiger.'

'Het is jouw test, Bolk. Laat je niet kennen.'

Ik ga weer aan tafel zitten.

'Zullen we nog één keer de tekst doornemen?'

'Mij best,' zeg ik om mijn moeder een plezier te doen.

Daar gaan we weer.

'Aha, jij moet Sandra zijn. Je komt voor mijn dochter, hoor ik.'

'Je kent het als je naam,' zegt mijn moeder, 'het kan niet misgaan.'

Ik zwijg, probeer een gespreksonderwerp te verzinnen maar er komt niks. Ik ben blij als ze roept dat ze naar haar werk moet. Zij brengt Chrisje altijd naar school, ik leef helemaal op als ze vraagt of ik het dit keer wil doen. Zo klein als-ie is, begrijpt-ie toch dat er met mij iets aan de hand is. Misschien maak ik dat ervan, kan me niks schelen. Raar, terwijl ik op school moet zitten, loop ik met mijn broertje door de straten. Hand in hand. Hij maar kletsen. 'Jij gaat sweentest doen, hè Lauren,' roept hij blij. Hij zegt 'sweentest', zo lief.

'Vandaag is het zover hè!' roept dat mens van Jelgers. Kom d'r anders nooit tegen, nu twee keer binnen een week. Ze ligt natuurlijk op de loer. Ik doe alsof ik haar niet hoor, zeg gauw iets tegen Chrisje. Veeg zijn neus af.

Een drukte bij die school! Niet te geloven! Gelukkig ken ik niemand. Ik geef Chrisje een zoen, nog een, daar gaat-ie dan. Mijn moeder zegt dat-ie altijd even huilt. Bij mij mooi niet.

Leeg huis, als ik binnenkom word ik nog zenuwachtiger. Weer voor de spiegel staan. In mijn kast naar andere kleren zoeken. Deze spijkerbroek aanhouden of toch een rokje? Mijn moeder wilde mij natuurlijk een rok laten aantrekken. Ik blijf bij de spijkerbroek. En die groene trui waar ik me lekker in voel. Zal ik vast naar het station gaan?

Beter een paar treinen te vroeg dan eentje te laat.

Zal ik toch iets anders aantrekken? Is spijkerbroek en trui niet te gewoon? Die andere meiden komen natuurlijk behoorlijk uitgedost binnen. Wat krijgen we nou? Andere meiden? Natuurlijk komen er nog meer meisjes! Waar zit ik de laatste dagen met m'n hersens? Als ze me meteen hadden willen hebben, had ik geen screentest hoeven doen. Duidelijk als wat. Maar niet voor Lauren Bolk. Bezopen dat niemand het daarover heeft gehad. Of heb ik dat niet willen horen?

Wat maakt het uit? Al komen er honderd, ik kan nou niet meer terug.

Telefoon.

'Ben je nog niet weg, Bolk? Ik zou maar opschieten, te laat komen pikken ze waarschijnlijk niet. Zonde van je treinkaartje.'

Karin.

'Hebben wij het erover gehad dat er ook andere meisjes naar die screentest komen?' vraag ik.

'Waar hou jij je mee bezig? Jíj komt en dat zullen ze weten.'

'Hebben we het daarover gehad of niet?'

'Uitgebreid, direct nadat je gebeld was, maar toen was je zo zenuwachtig dat je mij niet eens herkende.'

'Waarom bel je?'

'Om te kijken of je je niet verslapen hebt, nou goed. Om je nogmaals sterkte en succes te wensen. Wat heb je aan, die leren broek van je moeder?'

'M'n bikini, wat dacht je dan?'

'Mag je de trein niet mee in. Pas op dat je niet in Groningen eindigt.'

'Ik ga.'

'Is goed, ik moet ophangen, we hadden een uur vrij, Bouma is ziek.'

'Ik bel je zodra ik thuis ben.'

'Zou er nog bij moeten komen dat je me niet belt! Laat ze een poepie ruiken, Bolk. En doe de groeten aan Bob, onthouden hoe hij eruitziet hoor.'

'Die zie ik toch niet, gek. Dat heb ik je toch verteld.'

'Was ik vergeten. Kan gebeuren. Nou doei!'

'Doei.'

10

Ik moet eerlijk bekennen dat ik het best griezelig vind, in m'n eentje naar Amsterdam. Zal dat nooit van z'n levensdagen tegenover mijn moeder of Karin toegeven, maar alleen is plotseling wel erg alleen.

Kaartje kopen.

Waar is m'n geld?

Ik heb twintig keer mijn tas nagekeken, kan mijn geld niet vinden. Waar heb ik dat in godsnaam gestopt? Ik weet het, in de binnenzak van mijn jack. Met opzet daarin gedaan omdat daar een rits zit. Op welk perron moet ik zijn? Als ze straks net zo naar me kijken als die knul achter het loket, kunnen die andere meisjes het wel vergeten. 'Jammer dat ik hier niet weg kan, ik zou je graag naar het tweede perron brengen.' Ik probeer de blik uit die ik voor de scène heb bedacht. 'Mijn vrouw en ik hebben de indruk dat je hier niet voor Samanta komt, maar eigenlijk meer voor Bob. Klopt dat?' Met die blik, hoe ik dan wil kijken, zeg ik dus: 'Je bent niet mijn type.'

Wordt me die jongen toch kwaad! 'Verbeeld je maar niks, del, en je moet je lippenstift niet op je ogen doen maar op je lippen.'

Del! En dat tegen mij.

Maar ik voel me lekker.

Tweede perron.

Ik ben ineens niet zenuwachtig meer.

Mijn moeder heeft me geld gegeven. 'Koop maar iets lekkers.' Zal ik doen. Bij dat meisje met dat ding op haar rug.

'Mag ik koffie?' Dat lijkt me er wel bij horen, al geef ik geen moer om koffie, maar het staat volwassen.

'Suiker en melk?' vraagt het meisje.

'Doe maar.'

Van koffie krijg je aanslag op je tanden. Had ik mijn tandenborstel moeten meenemen? 'De camera is ongenadig, registreert alles,' zegt Tineke. Goed dat ik kauwgom bij me heb. Ik denk ook aan alles. Zit in m'n eentje te lachen. Voel me nog steeds prima. Hoe lang nog? Zal ik voor de laatste keer mijn tekst...

Waar is mijn tekst? Vergeten! Zoeken, zoeken, zoeken, maar geen tekst. Hoe kan dat nou? Gisteren al klaargelegd, wat zeg ik, driehonderd keer klaargelegd! Naast mijn bed, op het kastje vlak naast de deur, onder aan de trap... en toch vergeten! Als mijn moeder dat zou weten! 'Dat moest zo nodig alleen, als ik erbij was geweest, was dit niet gebeurd.'

'Ben je iets kwijt?' vraagt de man tegenover me.

'Mijn tekst,' hijg ik, en ik vertel hem van de screentest. Aan een wildvreemde, ik moet wel erg in paniek zijn.

'Maar dat geeft toch niet,' zegt die man, 'je kent het vast wel.' Aardige man. Bijna m'n koffie omgegooid. Was ook niet zo erg geweest, die lauwe troep. Dat ze daar geld voor durven te vragen. Rustig worden, Lauren, naar buiten kijken, diep ademhalen, wat een koeien zijn er nog in Holland, waarom stopt die trein niet, rijdt als een idioot langs het station, dit zal toch niet Amsterdam zijn geweest? De man tegenover mij lacht weer. 'Dit is een intercity, die stopt bijna niet. Eerst krijgen we Schiphol, let maar op mij.' Wat moet hij wel niet van me denken?

Ik moet naar de plee. Niks voor mij, door zo'n smal pad lopen terwijl je denkt dat iedereen naar je kijkt. Klein pesthokje zeg, voor dat geld mogen ze die wc's wel wat groter maken. Ook goed smerig, gadver, wat een troep.

Op Schiphol stappen mensen in met gigantische koffers. Hallo hé, gaan we lekker belangrijk zitten doen, kom op m'n schoot zitten zou ik zeggen, verbeelding omdat mevrouw gevlogen heeft. Wat staat er op d'r koffer? Curaçao, toe maar, ben je daar zo onbeschoft bruin geworden...

Ik ben in Amsterdam voordat ik het weet.

Heb geen tel meer aan m'n tekst gedacht.

De zenuwen gieren pas weer door m'n lijf wanneer ik door het Centraal Station loop.

Wat een troosteloze mensen lopen hier rond. Ik ben nog nooit met de trein in Amsterdam aangekomen. Misschien ben ik dat wel, maar dan was ik niet in m'n eentje. Ik zal het nooit aan iemand vertellen, maar ik ben best een beetje bang. Al die trieste figuren om me heen. Karin zou ze losers noemen en nu fluisteren: 'Doorlopen, Lauren, niet om je heen kijken, het is hier levensgevaarlijk.' Of zou ík dat zeggen en zou Karin nieuwsgierig om zich heen kijken? Ik denk het laatste. Het verstandigste is zo min mogelijk op te vallen, lijkt me. Wie is er hier niet aan de drugs? Je bent gewoon verdacht als je helder uit je ogen kijkt. U moet mij niet hebben, agent, maar die zombie daar.

Waar staat mijn tram? Met lijn 24 moet ik. 'Zal ik het opschrijven?' vroeg mijn moeder. Een tekst uit je kop leren en dan geen tramnummer kunnen onthouden! Hoeveel trams houden ze er in Amsterdam wel niet op na? Zal ik vragen waar lijn 24 vertrekt? Nee, ik heb tijd genoeg, niks te vragen.

Wat een stad, de hele wereld trekt aan je voorbij. Voel me echt een meisje ergens ver weg uit de provincie.

Welk nummer is dit? Goed dat ik het niet gevraagd heb, dit is 24. Ja, kijk maar naar me, dit meisje gaat dadelijk een screentest doen. Was ik het net even vergeten! Naar buiten kijken en aan alles denken behalve... hoeveel tijd heb ik nog? Nog twee uur! Hoe komen die om?

Dat is het Paleis op de Dam, daar ben ik met mijn vader en moeder geweest. Toen Chrisje twee werd, hebben we duiven gevoerd. We gingen op een terrasje zitten, ergens aan een gracht, en toen ineens kwam Albert. Leuk was dat, dat je broer ineens stoer bij je komt zitten. 'Doe mij maar een pilsje.'

Ik mis hem, hoe komt dat nou? Als Albert had gezegd 'Ik ga met je mee', wat had ik dan geantwoord? Ik weet het niet, echt waar, ik weet het niet. Komt dat door de spanning dat ik *of all people* aan Albert denk? Maureen moest eens weten wat voor indruk ze gemaakt heeft met dat overdreven 'of all people'.

Moet ik er al uit? Toch maar aan die jongens vragen. 'Weten jullie het Olympisch Stadion?' Schaapachtig lachen, aan hun pet friemelen, spreken ook nog es geen Nederlands. Kijken elkaar aan, en dan snel weer naar buiten.

Een mevrouw die voor me zit draait zich om. 'Ik zal je waarschuwen hoor, kind, je bent er bijna, het is het eindpunt van deze tram, nog twee haltes.'

Ze noemt me ook al kind, ik zie er kennelijk niet ouder uit dan twaalf. Hoe oud is die Sandra eigenlijk? Misschien zie ik er veel te jong uit, geen tel aan gedacht. Moet je zoiets nou vragen voor je begint? Of staat dat gek? Wat een haar heeft die vrouw voor me, vast een pruik. De volgende halte moet het zijn. Klopt, ze draait zich om. 'Hier is het, kind.'

Daar sta ik dan.

'Als je bij het Olympisch Stadion bent, moet je het maar even vragen, het kan niet ver zijn.'

Mijn moeder heeft aan alles gedacht! Ach natuurlijk, ze heeft ook gezegd dat het Olympisch Stadion het eindpunt van lijn 24 was! Of ik ook zenuwachtig ben!

Wie zal ik aanschieten?

Eerst maar die grote straat in lopen.

Ik moet verschrikkelijk nodig naar de wc.

Waar kan ik een wc vinden? Ik hou het niet meer. Aan de overkant is een café. Heb ik nog genoeg geld? Hoeveel had ik ook weer? Twintig euro, toch? Beetje overdreven van mijn moeder. Hollen, ik doe het bijna in m'n broek.

'Waar is het toilet, meneer?'

'Trappetje op, eerste deur links.'

Wat een opluchting.

'Een cola, graag.'

En weer ben ik kind. 'Komt eraan hoor, kind.'

Dat wordt niks straks.

II

Ik sta een halfuur te vroeg voor de deur met CASTINGBUREAU WILLEM DE GRAAFF op een bord. Ik zie die letters en wil maar één ding: weglopen. Zo hard ik kan. Waar begin ik aan?

De deur gaat open en er komt een griet naar buiten; als die ook een screentest voor Sandra heeft gedaan, kan ik inpakken. Een rokje zó kort dat Chantal zou zeggen: 'Pas op dat je niet op je zoom trapt.' En een paar benen, dat wil je niet weten. Maar d'r hoofd is niks, ordinair. Veel te zwaar opgemaakt, die wimpers zijn aangeplakt, kan niet anders. Ik weet niet veel van Sandra maar ze is niet ordinair. Dan zou die vader het nooit goedvinden dat ze met zijn dochter omging. En helemaal niet dat ze ook eens naar zijn zoon zou kijken. Homo of niet. Moet je die griet zien lopen, droomt zeker dat ze mannequin is. Wat een kapsones. Zegt niet eens hallo, doet gewoon alsof ik er niet sta! Het helpt wel, ik ben ineens m'n zenuwen kwijt.

Voor even dan, want ik sta nog niet binnen of ik moet alweer naar de wc.

'Dag, ik ben Lauren Bolk,' zeg ik tegen een mevrouw achter een computer.

'Je bent vroeg. Ik ben Anneke, we hebben elkaar door de telefoon gesproken. Kon je het makkelijk vinden?'

'Makkelijk.'

Daar zal ze ook niet opgewonden van raken, maar ik weet niks beters te zeggen.

'We liggen iets achter op schema, ga daar maar zitten, daar vind

je een paar bladen. Willem komt je halen. Ben je zenuwachtig?'
'Behoorlijk, ja.'
'Dat geeft niks, iedereen is gespannen, dat is normaal. Als je koffie wilt, daar in de hoek staat een apparaat. Melk en suiker op het tafeltje ernaast.'
Ik ga zitten.
Alsof ik bij de tandarts ben.
De telefoon gaat.
'Je hebt geluk,' zegt Anneke even later, 'een meisje heeft haar trein gemist. Nu ben jij dadelijk aan de beurt.'
Ik ben dadelijk aan de beurt!
Ik kan nog steeds weglopen.
Aan de muur tegenover mij hangen grote foto's. Anneke ziet mij ernaar kijken. 'Herken je de gezichten?'
Ik ken er niet een, maar ik zeg: 'Niet allemaal, een paar.'
'Dat is Paul Hofstra, die speelt de vader in *Het blauwe huis*, waar jij voor wordt getest, en dat daar is Tatiana, die speelt Samanta. Paul is aardig.'
Tatiana kennelijk niet.
Wat stom! Natuurlijk is dat die vader, dat kan de grootste kneus zien, moet mij weer gebeuren. Dat ik die Tatiana niet direct herken zou nog kunnen, die ziet er op televisie heel anders uit, maar die vader is hetzelfde. Zouden die ook eens een screentest gedaan hebben? Moet iedereen dat eigenlijk? Die Anneke denkt nu natuurlijk: dat kind heeft dus nog nooit gekeken! Herkent de hoofdrolspelers niet eens. Zegt ze straks tegen Willem de Graaff: 'Dat meisje Bolk is het niet, heeft nog nooit gekeken, herkende Paul en Tatiana niet eens!'
'Ik doe voor het eerst een screentest, ik denk dat ik ze door de zenuwen niet herkende, maar nu zie ik het. Tatiana ziet er op televisie anders uit dan op die foto.' Kijk mij eens durven.
'Vind je? Ach, ik zie het niet meer, maar je hebt gelijk, Tatiana wil nog wel eens veranderen.'

49

Venijnig ondertoontje.

Ik zit me rot te piekeren wat ik nog meer tegen haar kan zeggen. Hallo, die Tatiana staat ook al op de voorkant van de *Veronicagids* die voor me op tafel ligt. Ziet er wel even heel anders uit dan op dat portret aan de muur. Dat bloesje had ze voor hetzelfde geld uit kunnen laten. Moet ik lezen wat ze allemaal te zeggen heeft? Ben ik te zenuwachtig voor, de letters dansen op en neer.

Wat antwoord ik ook weer als die vader heeft gezegd dat zijn vrouw en hij menen dat ze mij niet onwetend kunnen laten over puntje, puntje, puntje? O ja, dat hij niet zo gewichtig moet doen. Doen of praten? Wat moet ik nou zeggen, gewichtig doen of gewichtig praten? Ik weet het niet meer!

'Kan ik nog even naar de wc?' Bijna had ik 'de plee' gezegd.

'Dat gangetje in, je ziet het vanzelf.'

Zal ik m'n ogen nog wat zwaarder opmaken? M'n lippenstift is eraf, goed dat ik dat nog even controleer. Die Tatiana had niet zo gek veel op d'r gezicht. Sjees, wat trillen m'n handen, ik lijk wel een clown. Wc-papiertje natmaken, het wordt alleen maar erger. Hoe laat is het, ik hoor stemmen. Help!

Bij het bureau van Anneke staan twee mannen.

'Aha, daar ben je, jij bent Lauren Bolk, hè? Ik ben Willem de Graaff en dit is uitvoerend producent Johan van Vliet. Nou, als je zover bent, kunnen we beginnen. Zie je ertegen op? Niet doen, hoor. Je zit bij Pinokkio heb ik gehoord, goed dat je al iets gedaan hebt.'

Die producent is nog een jonge vent, amper dertig schat ik. Lang, donker haar, leuke ogen. Ik weet niet wat ik me had voorgesteld, een man in een pak, met een vette sigaar, zoals in films? Deze is heel gewoon, vriendelijk. Die Willem de Graaff is meer zoals ik verwacht had. Kaal, stoppelbaardje, grijs pak. Geeft me geen hand, bekijkt me van top tot teen, lacht wel naar me, maar keurend. Voor hem ben ik een beetje bang. Een beetje veel.

We komen in een ruimte, het ziet eruit als een klaslokaal. Niks

aan de muren, in een hoek een camera. Twee stoelen en een tafel.
'Ik zal je uitleggen wat de bedoeling is, wacht even.'
De deur gaat open.
Een jongen komt binnen: spijkerbroek, leren jack, kort geschoren hoofd. Zegt 'Hoei!' tegen me, tenminste, dat maak ik ervan.
'Dit is Gert, die doet vandaag de camera. Trek je maar niks van hem aan, hij is er gewoon niet.' Johan lacht naar me, daar word ik rustig van. 'Je hebt een tekst toegestuurd gekregen, ken je die?'
'Ja meneer.'
'Zeg maar Johan. Ik ben wel verschrikkelijk belangrijk, maar jij mag Johan zeggen, oké?'
'Oké... Johan.'
Ben ik flink of niet?
'Goed, Willem leest de vader, ik zeg "leest" want we moeten er niet aan denken dat hij de vader gaat spélen, toch?' Hij kijkt me aan alsof ik een antwoord moet geven. Ik verzin 'wie weet' en daar moet zelfs die Willem om lachen. 'Nu ga ik iets geks tegen je zeggen, Lauren, maar de bedoeling is dat jij ook zo min mogelijk speelt. Ik vertel je niets over Sandra, wie ze is, wat de functie van haar rol is en zo. We willen alleen maar jou zien, zo natuurlijk mogelijk. We werken juist graag met jonge, onervaren mensen, omdat die nog natuurlijk zijn. Hoe minder jij dus doet, des te beter. Is dat abracadabra voor je of begrijp je me?'
'Ik geloof van wel.'
'Mooi, zullen we het dan een keer proberen?'
Willem gaat aan de tafel zitten, legt de tekst voor zich neer. Gert geeft me een knipoog.
'Om het een beetje echt te maken, mag je door de deur binnenkomen. Ik tel vijf, vier... en dan tel jij achter de deur drie, twee, één en dan kom je binnen. Oké?'
Ik begrijp er niks van, maar durf dat niet te zeggen. Ga door de deur naar buiten. Wat is mijn eerste zin? Ik weet geen woord meer! Wanneer telt-ie nou? Ik hoor niks. De deur gaat open.

'Hoorde je me niet? Ik heb geteld.' Hij kijkt ineens streng.

'Sorry, ik heb niks gehoord.'

Gelukkig, hij lacht weer. 'Geeft niks, we doen het nog een keer.'

Ik leg mijn oor tegen de deur. Zegt-ie nou vijf, vier...? Ja, ik hoor vier, dan moet ik dus nu tellen... Ik duw de deur open.

'Aha, jij moet Sandra zijn. Je komt voor mijn dochter, hoor ik.'

Hoe lang ben ik binnen?

Geen idee.

Het gaat zo verschrikkelijk snel.

Ik denk nergens aan. Niet aan de camera, niet aan die Johan. Ik doe wat in m'n hoofd opkomt. Moet even wennen dat die Willem het zo anders leest dan mijn moeder, maar na een paar minuten vergeet ik dat. Ik vergeet alles. Mijn tekst niet, want die weet ik. En hoe, ik zeg niks fout!

Na afloop is het stil.

'Dat was lang niet gek, Lauren,' zegt Willem. 'Vind je ook niet, Johan?'

Johan knikt, zegt niks.

Ik sta van de een naar de ander te kijken.

Gert geeft me weer een knipoog. Anders dan die eerste.

'Nog even een paar extra close-ups,' zegt Johan, 'voor alle zeker-heid.'

Ik moet recht in de camera kijken.

'Je hoeft niets te doen, kijk maar recht in de camera. Goed zo, en nou nog even dat moment dat je kwaad wordt, niet te veel doen hoor, dit is iets te veel, zo is het beter, bedankt.'

Zijn we al klaar?

'We gaan dit bekijken, misschien vragen we je nog een keer te komen, je hoort snel van ons. Normaliter zeggen we dat niet, maar we hebben nu haast, vandaar.'

Misschien vragen we je nog een keer te komen.

Johan ziet mijn schrik. 'Dat gebeurt vaker, hoor. Sandra is niet zomaar een rol, het is een hoofdrol. Je moet goed matchen met de anderen, bij de anderen passen. Dus het zou kunnen zijn dat we je met iemand van de vaste cast willen zien.'

En dan sta ik buiten.

Het enige wat ik weet is dat Johan, vlak bij de deur, zei: 'Tot ziens, Lauren.'

Zou hij dat tegen iedereen zeggen?

Wat verwachtte ik eigenlijk?

Dat ze, zodra ik klaar was, zouden zeggen 'Schitterend, jij bent precies de Sandra die we zoeken, loop maar mee naar kantoor, dan maken we alles in orde'? Dat ik met een contract in m'n tas thuis zou komen?

Ik dacht allen maar aan die screentest. Hoe het daarna zou gaan, geen idee.

Wat moet ik mijn moeder vertellen? En Karin, en... al die anderen?

12

In de trein terug denk ik alleen maar aan de screentest.
Ging het echt goed? Ja, het ging goed.
Dat denk ik nou wel, maar wie zegt dat?
Die Willem zei wel 'dat was lang niet gek'.
Maar Johan zei niks. Zei niet 'vond ik ook' of 'ben ik met je eens'.
Hij priegelde wat aan z'n neus, keek mij lang aan en kwam toen
aanzetten met die close-ups. Die maken ze toch ook niet voor niks?
Als ik het slecht had gedaan, waarom dan nog een paar close-ups?
En hij zei 'tot ziens'.
Dat weet ik zeker.
Dat zeg je toch niet als je denkt 'die hoeft nooit meer terug te
komen'?
Of zeggen ze dat tegen iedereen? Net zoals in een winkel?
En Gert gaf me een knipoog. Niet een knipoog van 'sterkte' of
zoiets, maar een knipoog van 'dat ging goed'. Of verbeeld ik me
dat? Misschien is het een zenuwtrek van hem, knipoogt-ie de
hele dag.
Ik word er goed gek van.
Wat zeg ik straks?
Zul je zien dat ik dat mens van Jelgers weer tegenkom. 'En Lau-
ren, je bent zeker niet aangenomen?'
Wanneer zal ik iets te horen krijgen? Over een week, wie weet wel
een maand? Als het pas over een maand is, hoeft het voor mij niet
meer. Kom nou, ik ga geen maand in de zenuwen zitten. Ik denk
er niet aan! Ik ben niet gek.

Zouden ze me bellen of komt het via de post? Stom dat ik dat niet gevraagd heb! Ik had natuurlijk ook moeten vragen of ze er lang over zouden doen. Tineke zegt dat je een screentest of een auditie soms wel twee of drie keer moet doen. 'Laat je daardoor niet van de wijs brengen, het hoeft absoluut niet te betekenen dat het slecht gaat. Integendeel, vaak wil men juist langer met je doorgaan omdat men vermoedt dat er meer in je zit.'

Laten we hopen dat ze bij mij dat vermoeden hebben.

Dus het ging of goed of heel erg verschrikkelijk verkeerd.

Dan betekent 'dat was lang niet gek' van die Willem dus... ik weet het niet meer. Ik kan nog uren blijven zeuren, ik weet het pas als ik wat te horen krijg.

Ik verlang ineens naar mijn moeder.

Ik kom thuis, wil de deur opendoen, zoek naar mijn sleutel, staat mijn moeder voor m'n neus. 'Lauren!' gilt ze. 'Je bent een seconde te laat! Net ging de telefoon, je moet morgen terugkomen!'

Ik heb het gevoel dat ik flauwval. Sta te duizelen op m'n benen, moet me vasthouden aan de deur. 'Kom gauw binnen, vertel nou eindelijk hoe het ging, Karin is er ook. Ze is de hele middag hier geweest, heeft op Chrisje gepast. Ik ben net thuis, gaat de telefoon, had je toch die spijkerbroek aan en waarom nou dat truitje, ik had toch kleren voor je klaargelegd, had je genoeg geld, heb je nog wat kunnen eten...?'

Ik plof op de bank, Karin springt op en komt naast me zitten, Chrisje wil bij me op schoot maar ik ben te moe. Voel me plotseling uitgeput.

'Vertel,' krijst Karin, 'zit daar niet zo uitgekakt, we zijn gek van de spanning, hoe ging het, je was fantastisch, trek nou eindelijk je mond es open, wij zitten hier al de hele middag te zenuwen.'

'Eerst zeggen wat ze door de telefoon zeiden!' krijg ik er met moeite uit.

Mijn moeder gaat tegenover me zitten. 'Ik pak de telefoon op, een man zegt: "U spreekt met Willem de Graaff, is Lauren thuis?"'

'En toen, doe nou niet zo moeilijk, wat zei-ie toen?'

'Ik zei dat je er niet was en...'

'Niet wat jij zei, wat hij zei.'

'Rustig maar, ik vertel je precies hoe het gegaan is.' Mijn moeder steekt een sigaret op, ik neem er ook een. Ze zegt er niks van. Mijn moeder gaat door: '"Eigenlijk kan ze er ook nog niet zijn," zei hij. "Als ze thuiskomt, wilt u dan tegen haar zeggen dat we haar graag morgen nog een keer willen testen?" Ik weet nog niet hoe ik het gedurfd heb maar ik zeg: 'Nog een keer, ging het dan niet goed?'

'Heb je dat gezegd? Je lijkt wel gek. Hartstikke brutaal.'

'Juist goed van je moeder, hou je nog even in en luister nou maar,' komt Karin ertussen.

Ik kan niet blijven zitten van de zenuwen. Trap op Chrisje, die tussen mijn benen met z'n trein zit te spelen. Hij huilt de hele kamer bij elkaar. 'Hou je kop,' gil ik. Ik heb nog nooit tegen Chrisje gegild, heb direct spijt. Optillen, zoenen.

Mijn moeder heeft zin in een borrel. 'Voor één keer,' hijgt ze. Dat zegt ze altijd, 'voor één keer.' Karin rent naar de keuken, komt terug met de jeneverfles en voor haarzelf en mij cola.

Eindelijk zitten we weer.

'Jij vroeg dus of het niet goed was gegaan,' zeg ik.

Mijn moeder begint van voren af aan.

'"Ik neem aan dat u Laurens moeder bent?" vraagt meneer De Graaff. Ik zeg dat ik dat ben, waarop hij vertelt dat de test goed ging, maar dat ze voordat ze een definitieve beslissing kunnen nemen, eerst willen zien hoe jij – uw dochter zei hij – bij Tammo van Leer past, die de rol van Bob speelt. Per expresse sturen ze een scène en die moet je dan morgen om vier uur doen. Dat is het.'

Nog een keer op en neer.

Ik heb er ineens geen zin meer in.

Weer die zenuwen, weer in de trein, weer wachten.

'Geweldig hè, schat, en vertel jij nou es hoe het ging. Kijk nou niet zo verdrietig, ze laten je heus niet voor niks terugkomen.'

Ik vertel.

En tijdens het vertellen begin ik het weer leuk te vinden. Ook omdat mijn moeder en Karin zo enthousiast zijn. Mijn moeder, die de tekst zo langzamerhand ook uit d'r hoofd kent, wil van iedere zin weten hoe ik het precies deed, en als ik het dan voordoe gillen ze 'fantastisch' en 'cool' en 'mega' en ik ga zelf geloven dat ik geweldig was en dat die test voor morgen geen moer meer voorstelt.

Maar dat gevoel ben ik helemaal kwijt als ik weer in de trein zit... Ben zo mogelijk nog meer gespannen dan de eerste keer. Dat heb ik er ook bij geleerd: ik ben niet zenuwachtig, ik ben 'gespannen'. Klinkt stoerder.

Ik zit een beetje uit het raam te koekeloeren, wie komt er tegenover me zitten? Simon! Die, als-ie het over meisjes heeft, het niet over borsten heeft maar over bumpers. 'Kijk je van op, hè?' zegt hij. 'Ik zit deze week in Amsterdam, bij mijn vader.'

Hoeveel woorden zal ik met Simon gewisseld hebben? Het kunnen er niet veel zijn. Nu zitten we te kletsen alsof we elkaar al jaren heel goed kennen. Simons ouders zijn gescheiden, hij woont bij zijn moeder. Met zijn zusje, die ook bij ons op school blijkt te zitten, in de eerste klas. Heb nooit geweten van een zusje, en nog wel bij ons op school. Zijn moeder moest voor zaken een week weg, daarom logeert hij nu bij zijn vader. Die dus in Amsterdam woont. Dat zijn ouders gescheiden zijn, wist ik ook niet. Simon vindt het rot van zijn ouders, eerst hoopte hij nog dat ze weer bij elkaar zouden komen, maar zijn vader heeft nu een vriendin dus het zal er wel niet meer in zitten. Die vriendin wil een kind, zijn vader niet, die vindt twee genoeg, maar als die vriendin iets in d'r hoofd heeft, gebeurt het meestal. Zijn moeder vraagt altijd naar die vriendin, dat vindt hij zielig. Want zijn moeder houdt nog van zijn vader. Dat zegt ze nooit, maar dat ziet hij. Zijn moeder heeft ook wel eens een vriend, maar nooit voor lang. Net als hij aan zo'n man gewend is, komt hij niet meer.

Dat vertelt hij me allemaal! Alsof-ie het kwijt moet. En terwijl ik naar hem luister, vraag ik me af hoe dat bij mij thuis zit. Mijn vader houdt van mijn moeder. Dat kan ik zien. Ze hebben veel ruzie, maar dat mijn vader van mijn moeder houdt, weet ik zeker. Omgekeerd ben ik niet zo zeker. Mijn moeder... ik wil er niet aan denken. Als ze niks om hem zou geven, zou ze niet bij hem blijven. Denk ik. Hoop ik.

Als we bij Schiphol zijn, vraagt hij naar de screentest. Hoe dat nou precies gaat en wat ik vandaag moet doen. Ik laat hem de tekst zien, hij vraagt of hij die mag lezen, ik zeg: 'Van mij mag je.' Eigenlijk heeft hij best een leuk hoofd, mooi krulhaar, zou een meisje blij mee zijn. Hij is wel te dik, niet echt vet maar gewoon... hij doet vast niet aan sport. En hij moet dat haar wat vaker wassen.

'Moet je dat met die Bob doen? Lijkt me lastig, spelen met iemand die je nog nooit hebt gezien.'

Ik zeg dat ik hem wel gezien heb, op de televisie, maar Simon zegt dat iemand op tv zien toch niet hetzelfde is als wanneer hij ineens voor je staat.

'Daar heb je gelijk in,' zeg ik. Ja, wat moet ik anders zeggen? 'Het is voor mij ook de eerste keer,' zeg ik. Dan vraagt hij ineens hoe ik ertoe gekomen ben me op te geven voor een screentest. Tot mijn eigen verbazing vertel ik hem dat mijn moeder dat heeft gedaan. Begrijp dat zelf niet, dat ik hem vertel waar ik met Karin niet over wil praten. Kennelijk moest ik dat kwijt. Hij van zijn ouders en ik van mijn moeder.

'Leuke moeder heb je,' zegt Simon lachend en alweer tot mijn verbazing zit ik uitgebreid te vertellen hoe fantastisch mijn moeder is. Ik hoop niet dat hij naar mijn vader gaat vragen, maar gelukkig, we zijn er. De reis is omgevlogen! We botsen tegen elkaar aan bij het uitstappen, ik had bijna gezegd: 'Pas op m'n bumpers,' maar zo intiem hoeft nou ook weer niet.

Als we bij de uitgang van het station zijn zegt hij: 'Nou, veel succes,' en hij loopt weg. Een beetje bozig, alsof hij kwaad op zichzelf is dat hij over zijn ouders heeft verteld.

13

'Heb je dit keer een rok aangetrokken?' Anneke lacht.

'Dat je dat nog weet,' antwoord ik.

'Je moest eens weten wat ik allemaal zie en onthoud. Knoop dat maar goed in je oren.'

Ze doet net alsof ze me nog vaker zal zien!

Ik was al veel minder zenuwachtig – pardon 'gespannen' – dan gisteren, maar nu word ik, door dat zinnetje van haar, in één klap kalm. 'Ik zal bellen dat je er bent.' Ik hoor haar zeggen: 'Lauren is er, Johan.' Dat doet me goed, dat ze Lauren zegt en niet Lauren Bolk.

Een jongen komt binnen, roept: 'Ha die Anneke', kijkt mij aan en zegt: 'Hallo, ik ben Tammo van Leer, ik speel Bob, jij bent het meisje voor de test zeker.'

Dat is 'm dus.

Heel anders dan op de televisie. Vrolijker, aardiger. Niet zo arrogant. Zelfverzekerd maar geen uitslover. Ik kan niet direct zeggen of-ie nou een stuk is. Knap, dat zeker, maar niet mijn type. Te studentikoos, op het eerste gezicht.

'Dag, ik ben Lauren Bolk,' stel ik me netjes voor.

De eerste indruk is belangrijk. Tip van mijn moeder.

'Ik heb geen tijd gehad de tekst te leren, ken jij hem goed?' Hij kijkt me aan alsof we elkaar al jaren kennen.

'Ik hoop van wel.'

'Hebben we nog tijd, Anneke?'

'Niet veel.'

'Dan wachten ze maar even.' Tegen mij: 'Grapje.' Hij lacht leuk, kuiltjes in z'n wangen. Hij weet wel dat-ie leuk lacht, ijdel ventje. Maar hij doet z'n best gewoon tegen me te doen, mij op m'n gemak te stellen. En dat hoeft-ie niet te doen. Misschien ziet-ie me nooit meer.

'Jij begint,' zegt hij. Kijkt me aan, weer met die lach.

Of ik wil of niet, ik moet teruglachen.

'Zeg ik iets geks?'

'Nee, ik moet lachen omdat jij zegt...'

'Jij begint.'

'Ja, stom van me.'

'Waarom is dat nou stom?'

'Ik zal beginnen.'

Hij kent er geen woord van. Maar hij leert snel, ongelofelijk. De tweede keer kent hij het bijna, de derde helemaal. Hij leert met begrip. Dat weet ik van Tineke: 'Je moet niet domweg uit je hoofd leren, je moet weten wat je zegt, dan komt de tekst vanzelf in je hoofd.'

Hij rookt wel veel. Er liggen al twee peuken in de asbak. 'Jij had het over stom, nou dit is stom,' zegt hij. 'Ik probeer er steeds mee op te houden, vorig seizoen heb ik het drie maanden volgehouden, maar in dit zenuwengedoe is het verdomd moeilijk te stoppen.'

Hij zegt 'seizoen' en 'zenuwengedoe'.

Net alsof ik er al bij hoor.

'Wij zijn zover, jullie ook?'

Daar is Willem de Graaff. 'Dag Lauren, dag Tammo.'

'Dag,' zeg ik, want ik weet niet of ik ook Willem moet zeggen.

Tammo laat me voorgaan. Met een quasibuiging.

Ik ben in dezelfde ruimte als gisteren en na een paar minuten komt Johan binnen. Hij komt op me af, steekt zijn hand uit en zegt: 'Fijn dat je er bent. Maak je niet zenuwachtig, het stelt niks voor hoor.'

Ik begin me net een beetje op m'n gemak te voelen, zegt die Willem de Graaff: 'Vind je dat een goed begin, Johan?' Gelukkig lacht Johan naar me en dat helpt.

Willem de Graaff gaat op een stoel in de hoek van de kamer zitten en steekt een sigaret op.

Tammo doet geen tel alsof hij het vervelend vindt met mij te moeten spelen.

Ik moet behoorlijk verleidelijk doen tegen hem. Mooi meegenomen dat ik hem nu een beetje ken, ik had het een stuk lastiger gevonden zwoel naar een jongen te gluren die ik nog nooit gezien heb. Op een gegeven moment dreigen we te moeten zoenen, maar dan gaat het net niet door. We staan tegenover elkaar, kijken elkaar diep in de ogen – dat staat er tussen haakjes, 'kijken elkaar diep in de ogen' – de kijker moet denken 'nu gaan ze zoenen' maar dan is de scène uit. Ik weet niet wat ik ervan gemaakt heb, ik krijg in ieder geval geen knipoog van Gert. Hij heeft dus geen spierziekte. Wat een rare dingen er door je hoofd gaan.

We moeten de scène nog een keer doen. 'Voor alle zekerheid,' zegt Johan. 'Wat mij betreft mag je je nog iets meer laten gaan, Lauren. De vorige keer zeiden we dat je niet moest spelen, weet je nog, dit keer mag je spélen. Hou maar in je achterhoofd dat je niet verliefd op hem bent. Ja Tammo, dat kun jij je natuurlijk niet voorstellen, Sandra spéélt dat ze hem wil hebben. Kun je daar iets mee?'

'Want ik denk eigenlijk dat-ie homo is?' vraag ik.

Daar moeten ze om lachen.

'Hoor ik nog eens wat nieuws,' zegt Tammo. 'Ik wist niet dat Bob ook al homoseksuele neigingen had. Tot nu toe zit-ie alleen maar achter de meiden aan.'

'Maar dat wéét zijn vader niet,' roept Johan. 'Ik begrijp je opmerking, Lauren. Die is ook terecht, maar dat mag je nu vergeten. Vandaag vind je hem spannend en je hebt er alles voor over om hem...'

62

'In je bed te krijgen,' vult Tammo aan. 'Nou, zo kunnen we wel weer. Gert, ben jij zover?'

Aan alles kun je zien dat Tammo al jaren voor de camera staat. Als hij speelt, houdt hij de camera ook steeds in de gaten. Is dat nou goed of verkeerd? Het staat wel professioneel, maar tegen mij is toch gezegd dat ze juist onervaren mensen zoeken? Of vergis ik me daarin?

Ik word erdoor van m'n stuk gebracht, de tweede keer is het helemaal niks wat ik doe, dat hoeven ze mij niet te vertellen. 'We nemen even een pauze, dan doen we het nog een keer. Geeft niets, Lauren, jij staat voor het eerst voor de camera en Tammo al jaren. Heb jij gisteren nog naar de wedstrijd gekeken?'

Gaan ze over voetbal praten!

Ik heb nog nooit verleidelijk tegen een jongen hoeven doen. Ze kwamen altijd op mij af. 'Met je tieten vooruit', ik weet zeker dat Karin dat zou zeggen. Zou het 'm daarin alleen zitten? Wat zei mijn moeder laatst ook alweer? 'Chantal kan iedere man in d'r bed krijgen, die hoeft alleen maar te kijken en ze hollen achter haar aan.' Zou het in dat kijken zitten? Hoe kijkt Chantal dan? Mijn moeder zegt ook dat Chantal 'als boter' is. Naar welke jongen heb ik ooit als boter gekeken? Ik weet het, naar Robert, toen ik voor het eerst bij Pinokkio een oefening moest doen. Maar met Robert wilde ik ook wel! Omdat ik niet durfde, is het er nooit van gekomen, maar ik wilde wel. Dadelijk aan Robert denken, en als boter gluren, dat is het dus. Misschien helpt het als ik denk aan dansen, hoe ik me dan voel. Me bewust ben van m'n lijf.

'Zullen we?' stelt Johan voor.

Ik knik en denk: als het nou niet lukt, dan weet ik het niet meer. Het gaat goed, dat voel ik gewoon.

Het gekke is dat ik Tammo dit keer erg aantrekkelijk vind. Hij kijkt totaal anders naar me dan de twee keer hiervoor. 't Lijkt of ie de camera vergeet. Ik leef me zo in dat ik hem bijna wil zoenen. We staan heel dicht tegenover elkaar, hij kijkt me aan, buigt iets naar me toe, ik naar hem... met een ruk is het uit.

'Nou, dat was lang niet gek,' zegt Johan en Willem knikt instemmend. Tenminste, dat maak ik ervan.

Tammo wil iets zeggen maar slikt het in.

Ik weet niet wat ik moet doen. Ben ineens leeg.

'Lauren, dat was het. Je hoort van ons,' zegt Johan.

Dit keer durf ik wel te vragen of het lang duurt.

'Ik kan je niets met zekerheid zeggen, een paar dagen, niet meer, dat kan ik je wel toezeggen. We bellen je zodra we eruit zijn.'

'Ik heb een maand moeten wachten,' zegt Tammo. 'Dacht dat die tijd nooit omkwam, waarom duurde het eigenlijk zo lang toen?'

'Gaat je niets aan,' zegt Willem de Graaff lachend. Hij slaat een arm om mij heen en brengt mij naar de deur. Wat is-ie ineens aardig tegen me!

'Je bent met de trein?'

'Ja.'

'Tot ziens, Lauren,' roept Tammo me na.

'Sterkte,' zegt Johan.

'Bedankt,' mompel ik.

Waar wenst-ie me nou sterkte mee? Met de treinreis? Stom. Dat 'bedankt' van mij had ook beter gekund.

14

Terwijl ik naar buiten zit te kijken, vraag ik me af wat ze nu over mij zullen zeggen. Het gaat natuurlijk over mijn uiterlijk. Volgens Rutger hoef ik me daar geen zorgen over te maken. 'Je ziet er goed uit, Lauren,' met zo'n keurende blik. Ben ik mooi niet vergeten.

Ik ben niet gek, dus ik weet best dat ik er goed uitzie. Als ik dat niet geloofde, was ik nooit naar die screentest gegaan. Als Albert in een goede bui is, zegt-ie: 'Je komt op een zeven.' Omdat Albert het zegt, tel ik er een punt bij op. Ik ga dus met een ruime voldoende door het leven. Bij Pinokkio moet ik meestal sexy zijn, daar had ik het in het begin knap moeilijk mee. Want ik ben vanbinnen niet zo sexy. Eerder verlegen dan uitdagend. Mijn moeder achtervolgt me met 'je moet niet zo schuw doen'. Dat ik mezelf een acht geef, komt dus niet door mij. Dank ik alweer aan mijn moeder. Zij vindt uiterlijk verschrikkelijk belangrijk. Ik weet niet meer precies hoe oud ik was, maar ik zat eens met haar op een terrasje. Zegt ze tegen me: 'Heb je niet in de gaten dat die jongens daar, aan dat tafeltje schuin voor ons, de hele tijd naar je zitten te gluren?' Ik had daar niets van gemerkt en dat vond ze raar. 'Ik begrijp niet dat je dat niet ziet, dat moet je als meisje toch leuk vinden?' Het deed me niks. Pas een paar jaar later drong het tot me door dat uiterlijk, als je er goed uitziet, 'mooi meegenomen' is. Een uitdrukking van Karin. 'Je hebt een prachtig lijf en een mooi gezicht,' zegt ze vaak, en dan volgt: 'Da's mooi meegenomen.' Dus nu maar hopen dat Willem en Johan me ook een acht geven.

Ik denk steeds vaker: waar ben ik aan begonnen? Dat gezeur aan m'n hoofd: 'Nog niets gehoord, Lauren? Wat duurt dat lang! Doen ze altijd zo ingewikkeld bij de televisie? Heb je er nog wel zin in? Moet je nou nog een keer?'

Ik kan het niet meer aanhoren!

Het ene moment stel ik me voor hoe het zal zijn als ik word aangenomen, het andere moment denk ik: ik hoop dat ze me niet willen hebben. Naarmate de dagen verstrijken, begin ik me er meer en meer op voor te bereiden dat het niks zal worden. En dan probeer ik mezelf wijs te maken dat ik daar niet mee zal zitten. Leuk om een keer geprobeerd te hebben, niet gelukt, niks aan de hand. Eens maar nooit weer.

Maar dan denk ik aan hóé ik het moet vertellen.

De reacties!

Ik haat Karin omdat ze de hele wereld heeft ingelicht. Waarom heeft ze d'r mond niet gehouden?

Albert belde een keer.

Ik vertelde hem hoe het gegaan was en toen zei hij: 'Dat ziet er gunstig uit.'

Werd ik me toch giftig!

'Hoe kun je dat nou zeggen, eikel! Wat weet jij daar nou van? Het is nu al drie dagen, als ze me hadden willen nemen had ik toch allang iets gehoord? Wat nou gunstig!'

'Hou je in zus, juist omdat het langer duurt is het gunstig. Als ze iemand niet willen, zien ze dat direct. Lijkt mij tenminste. Dan bellen ze meteen dat het niet doorgaat.'

Ik riep natuurlijk dat hij onzin uitkraamde, maar hij gaf me wel hoop. Want wat hij zei, had ik zelf ook stiekem bedacht.

Ik heb Johan nog tegen Willem horen zeggen: 'Bekijk jij de band of zal ik hem meenemen?' Toen Willem antwoordde: 'Ik kijk zo gauw mogelijk', zei Johan: 'Gert, zorg jij dat de band bij Willem komt?' Johan en Willem hebben natuurlijk meer te doen. Ik heb geen idee wat een uitvoerend producent doet, maar in ieder geval zit hij niet alsmaar te wachten op de band van Lauren. Zo is het toch? Voor het weekend hoor ik dus niks. Maar als ik maandag nog niks weet, kan ik het vergeten.

'Die Tammo zei toch dat hij een maand had moeten wachten?' Mijn moeder heeft ook wat te melden.

'Dat was heel anders, toen moesten ze nog beginnen, zaten er een heleboel te wachten. Begrijp je dat dan niet?'

Ik mag niet lelijk tegen haar doen, ze verzint van alles om me af te leiden.

Mijn vader zegt ook niks. Vroeg wel plotseling of ik mee wilde een filmpje pikken. Had-ie me nog nooit gevraagd.

Ik had natuurlijk ja moeten zeggen. Maar ik ben zo gewend nee te antwoorden dat ik er 'geen zin' uit floepte voor ik er erg in had. Stom! Begrijp mezelf soms van geen kanten en dat maakt het wachten alleen maar erger.

Vandaag is het zondag en ik ben met Karin in Zandvoort. 'Morgen gaan we op jacht,' zei ze gisteren. Soms noemt ze dat 'mannen kijken'.

Wij maar de boulevard op en neer. Het is rotweer, dus weinig mannen. Ik loop te sterven van de kou, het begint nog te regenen ook, maar Karin ziet het ene na het andere smakelijke hapje. Zo noemt ze dat, Karin heeft een heel eigen taal. Pikt woorden van oudere mensen op en onthoudt die dan. Ze wil verpleegkundige worden.' 'Dan kun je de hele dag op jacht,' riep ik toen ze me dat vertelde. 'En de nachten, Bolk!' riep zij terug. 'Vergeet vooral de nachten niet!'

Karin is lachen. Maar vandaag valt er niks te lachen. Tenminste, voor mij niet. Bij de fritestent staan twee knullen, grotere kneuzen heb je nog nooit gezien. Maar Karin vindt ze geweldig. 'We slaan toe,' zegt ze, en laat zich tegen een van die kneuzen aan vallen. 'Lauren, wat krijgen we nou?' roept ze. Doet net alsof ik haar geduwd heb. De jongen waar ze tegenaan valt, laat van schrik z'n

frikadel op de grond vallen. 'Wat heb jij daar nou verloren?' vraagt
Karin lachend. Die staat echt voor niks. De knul loopt rood aan
en weet niet hoe snel hij weg moet komen. 'Barend, kom mee!'
roept hij. Barend, wat een naam, dat moest er nog bij komen.
Barend was zeker voor mij bestemd.
Later zegt Karin dat ze het voor mij deed. 'Ik hoef niet zo nodig,
ik doe het voor jou, om je af te leiden.'
Doorweekt komen we thuis. Maar goed, weer een dag voorbij.

Vandaag is het maandag.
Nu moet het gebeuren.
Op school hoor ik niks, staar als een zombie voor me uit. Zit
maar op m'n mobieltje te kijken. Het lijkt wel of het nooit half-
vier wordt. Als ik eindelijk thuis ben, doe ik net alsof we geen te-
lefoon hebben. Loop als een kip zonder kop door huis te drente-
len en probeer zelfs niet in de richting van de telefoon te kijken.
En ja hoor, dat zul je zien, aan één stuk door rinkelen, maar niet
waar ik op zit te wachten.
'Is je moeder thuis?' Een meneer die net nu mijn moeder moet
hebben.
'Dag Lauren, met Chantal, al wat gehoord?'
'Nee, ik heb niks gehoord.'
Chantal zal ook niet blij met me zijn.
Of ik geïnteresseerd ben in een proefabonnement op *de Volks-
krant!*
'De bestelling van mevrouw Ilse Bolk is aangekomen. Die kunt u
komen halen.'
Zal me een rotzorg wezen.
Bijna vijf uur.
Na vijven bellen ze vast niet meer.
Weer telefoon.
Ik neem op, zeg 'hallo', want het zal wel weer iets onbelangrijks
zijn.

'Is dit Lauren?'

De stem van Anneke!

'Ja, met Lauren.'

'Lauren, ik verbind je door met Willem de Graaff. Een ogenblikje.'

Dat noemt ze een ogenblikje! Ik heb nog nooit in m'n leven zo intens naar dat verdrietige landschapje boven de bank gekeken. Mijn moeder stormt binnen, roept vanuit de deuropening: 'Heb je nieuws?' Ziet aan mijn gezicht dat het belangrijk is, gaat op de bank zitten met haar jas nog aan. Steekt een sigaret op, kan de lucifer niet aan krijgen. Geeft mij een sigaret! Chrisje valt van een stoel, wil gaan huilen maar wij roepen beiden zo hard: 'Stil!' dat hij van schrik z'n mond houdt.

'Sorry dat het even duurde, Lauren, met Willem. Nou, ga er even voor zitten, ik heb goed nieuws. Ben je er nog?'

'Ja,' fluister, hijg, zeg ik.

'Mooi zo. Je hebt de rol. Vooral je laatste test vonden we uitstekend. Het heeft wat langer geduurd dan gepland, maar Johan zat in het buitenland. Je bent zeker opgelucht?'

'Ik heb de rol,' gil ik naar mijn moeder.

'Ik hoor dat je blij bent. Dat mag je ook zijn, het is een grote rol en er waren heel wat gegadigden. Gefeliciteerd.'

'Dank u wel,' krijg ik eruit.

'We willen de zaak zo gauw mogelijk afronden. Maar je schoolwerk mag niet in de war raken, dus zeg maar wanneer het je schikt om langs te komen.'

'Moet ik nog een keer komen?'

Eerlijk waar, dat zeg ik! De rest van wat-ie zei heb ik niet gehoord, alleen maar iets van nog een keer komen. Wéér een test! Mijn moeder steekt nog een sigaret op.

'We hebben een hoop te bespreken, en je moet je contract tekenen.'

Contract!

Ik moet komen om mijn contract te tekenen!

'Ik moet komen om mijn contract te tekenen,' fluister ik naar mijn moeder.

'Dan ga ik mee,' roept ze. 'We maken er een feestdag van.'

Van mij mag de hele wereld mee. Mevrouw Jelgers, iedereen.

'Mag ik een voorstel doen? We hebben niet echt haast, maar toch wel een beetje. Zoals het er nu naar uitziet, begin jij over drie of uiterlijk vier weken te draaien. Wat zou je zeggen van aanstaande vrijdag om vijf uur op het kantoor van Johan van Vliet in Aalsmeer?'

Over drie weken ga ik draaien!

Repeteren ken ik, maar draaien?

'Even mijn moeder vragen,' zeg ik.

Schaam me ineens niet voor mijn moeder.

'Of ik vrijdag om vijf uur kan.'

'Heb ik tennis, zeg ik wel af.'

Mijn moeder zegt gewoon haar tennis voor me af.

'Dat kan, ik bedoel, dat is prima, ik bedoel...' Ik struikel over mijn eigen woorden.

'Ga nou maar feesten, Lauren, dan zie ik je vrijdag.'

'Tot vrijdag, meneer.'

Hij heeft opgehangen.

Ik ga zitten, weet niks te zeggen. Voel niks, vanbinnen bedoel ik.

'Kind, je hebt het,' gilt mijn moeder. En ze springt bij me op schoot. 'Wat fantastisch, wat geweldig! Wat zei hij nou precies, vertel, ik wil het woord voor woord weten.'

'Dat er een heleboel meisjes waren, gegadigden zei-ie, dat Johan, dat is de producent, heb ik je toch verteld, in het buitenland was, weet ik veel wat-ie daar doet, hij was er in ieder geval twee dagen niet, dat ik over drie of vier weken ga draaien...'

Mijn moeder gilt het uit van het lachen. 'Mijn dochter gaat over drie weken draaien, die moet ik onthouden. Wat gaat jouw dochter doen? Die gaat draaien! Dus vrijdag moet je weer komen? Om vijf uur?'

We kletsen nog een halfuur.

Dan vraagt mijn moeder of ik Karin niet moet bellen.

Ik zit toch raar in elkaar, want daar heb ik ineens geen zin in. Ik wil het nieuws nog een tijdje voor mezelf houden. Mijn moeder begrijpt daar geen barst van. Die hangt al aan de telefoon met Chantal. Het lijkt wel of ze blijer is dan ik. 'Over drie weken gaat ze draaien,' krijst ze door de telefoon. 'Kom gauw een borrel halen.' Er wordt niet gevraagd of ik dat wil.

Toch maar Karin bellen.

Die gaat uit haar dak.

Mijn vader belt om te zeggen dat het tegenzit en hij er met het eten niet zal zijn.' Vraagt niets en ik zeg niks.

Albert belt, vraagt of ik het leuk zou vinden als hij naar huis komt. 'Ben je gek,' antwoord ik. 'Lief dat je belt, maar om daar nou voor op en neer te komen, dat hoeft echt niet.' Ik heb nog niet opgehangen of ik heb er de pest in. Want het was natuurlijk hartstikke aardig van hem te willen komen.

Ik heb nog nooit zo veel vrienden en vriendinnen gehad.

Karin zit al een uur aan de telefoon en trommelt de hele school op om gauw te komen. De tuin staat vol fietsen. Mijn moeder geniet, ik heb haar nog nooit zo enthousiast bezig gezien. Chrisje heeft de avond van zijn leven. Hoeft niet naar bed en verhuist van de ene schoot naar de andere.

Zelfs Maureen komt en doet een poging iets vriendelijks te zeggen. 'Je hebt je uiterlijk mee voor de camera,' krijgt ze eruit.

Niet te geloven!

Albert komt toch!

Ik ben geen huilebalk, maar dat hij toch gekomen is, daar moet ik bijna om huilen. Hij slaat zijn armen om me heen en zegt lachend: 'Dacht je echt dat ik dit zou willen missen?'

Hoe laat het is weet ik niet, maar na heel veel zoenen en omhelzingen dringt het dan toch tot me door dat ik ben aangenomen.

Moet lachen als ik Karin hoor vertellen dat ik uit 'over de honderd gegadigden' ben gekozen. Heb zelfs niet gemerkt dat mijn vader is binnengekomen. Zie hem pas als hij met Achmed staat te praten. Ik probeer af te luisteren waar ze het over hebben. Mijn vader kennende zal het wel een ernstig gesprek zijn over hoe lang zijn ouders al in Nederland zijn en hoe hij zich als moslim voelt in ons land. Wacht even, nu vraagt Achmed of mijn vader trots op me is. Waarom zet Roland de muziek nu ineens harder? Kan ik niet horen wat mijn vader antwoordt! In ieder geval iets waar Achmed om moet lachen. Beetje ongelovig lachen, maar toch.

Wat kan mijn vader gezegd hebben? Daar lig ik in bed nog lang over te piekeren.

Kan niet slapen.

Lig maar te woelen. Ben ineens verschrikkelijk bang. Net als het me lukt me voor te stellen hoe spannend het allemaal zal worden, schieten de zenuwen door m'n lijf. Zal het me lukken net zo zeker van mezelf te worden als die Tammo? De ene vraag na de andere tuimelt door mijn hoofd. Als het licht begint te worden, zak ik weg, maar al heel vroeg stommel ik de trap af.

Ik schrik als ik mijn vader aan de eettafel zie zitten. Wil snel weer naar boven maar hij vraagt of ik bij hem kom zitten. Dat doe ik, laat hem wel duidelijk zien dat ik geen zin heb in een zwaar gesprek. Hij kijkt me niet aan en zegt: 'Je bent dus aangenomen.'

Ik wil antwoorden: 'Ik ben blij dat het tot je is doorgedrongen,' maar vind dat toch net iets te brutaal op dit moment. Dus ik knik alleen maar.

Dan vraagt hij hoe dat met mijn eindexamen moet. Dat er toch geen sprake van kan zijn dat ik dat niet zou doen. Dat ik zonder eindexamen nergens ben. Dat ik in een dolle bui aan die screentest heb meegedaan omdat zíj dat zo graag wilde – zo zegt hij het, hij zegt niet 'je moeder' of 'Ilse', nee hij zegt 'zij' – maar dat die televisie uiteraard tijdelijk is. Dat ik me niet moet laten opjagen, met beide benen op de grond moet blijven. Dat hij weet waar hij over spreekt. Dat hij geen eindexamen heeft kunnen doen omdat zijn ouders het nut van school niet inzagen. Dat hij zich rot heeft gewerkt om zijn kinderen een behoorlijke opvoeding te geven en dat hij het een schande zou vinden als ik nu, vlak voor mijn eindexamen, niet zou doorzetten.

Ik laat hem uitrazen, doe mijn uiterste best niet driftig te worden en zeg alleen maar dat ik niet begrijp waar hij zich over zit op te winden, want dat ik er natuurlijk niet aan heb gedacht géén eindexamen te doen. Waar geen woord van is gelogen, want ik heb geen moment aan dat hele eindexamen gedacht.

'Dat is dan afgesproken,' zegt hij. Hij schuift zijn bord weg, staat op, kijkt naar ergens op de muur en zegt: 'Kom, ik moest maar es gaan.' Dan legt hij even een hand op mijn schouder, ik wacht of er nog iets komt, maar hij zucht en weg is-ie.

Ik hoor mijn moeder in de keuken scharrelen. Ga naar haar toe, ze staat bij het koffiezetapparaat en vraagt me of ik naar de apotheek wil gaan om iets voor haar kater te kopen. 'Kan niet schelen waar je mee thuiskomt, ik zie scheel van de koppijn,' mompelt ze.

Als ik bij de apotheek naar binnen wil stappen, komt dat mens van Jelgers net naar buiten. Ze zegt niks. Helemaal niks. Loopt rakelings langs me heen, doet alsof ik lucht ben. Dat vind ik eigenlijk een van de leukste reacties tot nu toe.

15

Vandaag is de dag waar het allemaal om begonnen is: de contractbespreking!

De dag begint katterig. Ik bedoel, we proberen er allebei een feest van te maken en dat lukt maar niet. Misschien omdat ik nog steeds niet weet of ik het nou wel zo leuk vind dat mijn moeder met me meegaat. In de drukte na het telefoontje had de hele wereld van me mee gemogen, maar later bedacht ik toch dat ik mijn moeder graag had thuisgelaten. Maar goed, zij heeft dat beslist en ik heb me er natuurlijk weer bij neergelegd. Alsof ze voelt dat ik niet lekker in m'n vel zit, doet ze gezellig voor twee. Geeft me een arm en beweert om de zo veel minuten dat het spannend is, dat we deze dag samen nooit zullen vergeten en dat ze zo trots op me is. Ik weet dat ik iets terug moet zeggen, maar dat lukt me niet. Pieker me gek, maar er komt niks. Zie steeds dat sombere hoofd van mijn vader voor me.

Mijn moeder heeft voor de treinreis twee roddelbladen gekocht en zit tegenover me te lezen. Aan de andere kant van het gangpad zit een man en ik zag hem net naar mijn moeder kijken. Ze ziet er geweldig uit, ik zou trots op haar moeten zijn, ben dat ook wel, maar moet toch weer aan mijn vader denken. Die kijkt nooit zo naar haar. Vraag me de laatste tijd steeds vaker af waarom ze eigenlijk getrouwd zijn. Ze verschillen van elkaar als een luipaard en een otter. Om maar es wat te noemen. Ik kan ook zeggen als een kat en een hond, want zo leven zij met elkaar. Als m'n vader zegt dat iets groen is, zegt mijn moeder rood en omgekeerd.

Mijn vader geeft helemaal niets om zijn uiterlijk, houdt van lezen, thuiszitten en gaat nooit naar een feestje of zelfs maar op verjaardagsvisite. Werk komt op de eerste plaats en opvoeding betekent discipline. Tegenslagen zijn er om overwonnen te worden en zijn meest geliefkoosde uitspraak is: 'Je wordt in je eentje geboren en je gaat in je eentje dood.'

Is hij misschien zo door mijn moeder? Zit er misschien een andere man in hem die geen kans krijgt door mijn moeder? Misschien heeft die toen hij jong was geprobeerd naar buiten te komen, maar kroop die verder en verder naar binnen toen hij ontdekte dat die ander toch geen kans kreeg. Ik heb het zelf ook, bijvoorbeeld met Karin. Soms zeg ik iets waarop zij heel heftig reageert, daar schrik ik altijd van, ik wil dan tegen haar in gaan, doe dat soms ook, maar meestal denk ik algauw: dit is zinloos, ik hou m'n mond maar. Voor je het weet kruipt dat in je, wordt het een gewoonte en líjkt het of je geen eigen mening hebt. Omdat je dat niet wilt, ga je dan op de verkeerde momenten gillen, dat maakt het alleen maar erger en dan is er voor mij – en ik denk voor mijn vader – nog maar één uitweg: drift.

Ik kan in mijn drift iets kapotgooien waar ik verschrikkelijk aan gehecht ben.

Ik kijk naar mijn moeder. Volgens mij heeft ze een veel te korte en te strakke rok aan, maar toen ik er vanmorgen wat van zei, keek ze me stralend aan en riep: 'Kind, ik heb niks te verbergen, zolang het nog kan, mag iedereen meegenieten.' Ze is éénenveertig, ziet eruit als dertig, zonder te overdrijven, ze is nog een stuk. Ze doet er ook alles aan om jong te blijven, en als ik zeg 'alles' dan bedoel ik ook alles. 'Je kunt een winkel beginnen,' zei mijn vader eens, wijzend op de rijen potjes op haar toilettafel. Ze gaat naar aerobics, jogt drie keer per week, zwemt en tennist, is altijd bruin want 'ik moet even onder de zonnebank', drinkt liters water per dag, eet niks anders dan sla, en hoort ze ergens over een nieuw schoonheidsmiddel dan kun je er vergif op innemen dat ze het de volgende dag in huis heeft. Maar ik moet het eerlijk toegeven, al die moeite is niet voor niets. Als ik een vriendje mee naar huis neem, zit ik altijd in de zenuwen dat hij mijn moeder leuker vindt dan mij. Ben ik jaloers op haar? Nee, als ik zo naar haar zit te kijken, ben ik best trots op haar.

Buiten ons huis lijkt mijn vader een andere man dan binnen. Binnen is hij meestal stil, somber, bestaan mijn moeder en ik amper voor hem.

Ik herinner me dat ik een keer mee mocht om naar Albert te kijken. Op die voetbalclub was mijn vader heel anders. Hij kletste met iedereen, als iemand zei dat het een rotwedstrijd was, antwoordde hij tot mijn verbazing dat het best meeviel, dat de jongens hun best deden, dat de tegenstander erg sterk was en dat het in de tweede helft wel eens een andere wedstrijd kon worden. Hij was erg bedachtzaam en vriendelijk.

Mijn moeder is vrolijk, zorgeloos, intuïtief en houdt van lol. Mijn vader spelt de krant, wil alles weten van de politiek, slaat het nieuws op tv nooit over en keert ieder dubbeltje om. Mijn moeder heeft een gat in d'r hand – mijn vader noemt dat 'over de balk smijten' – komt in de krant niet verder dan de overlijdensberichten, kijkt naar alles op de televisie en wil mijn vader praten over problemen in de wereld dan roept zij: 'Hou daar alsjeblieft over op, de wereld draait zonder jou ook wel door, we leven maar één keer dus hou het prettig.' Hoe die mensen ooit verliefd op elkaar zijn geworden, en ook nog getrouwd zijn, leg het me maar uit. Ze móésten trouwen, misschien is dat het.

Mijn vader was zevenentwintig, mijn moeder negentien. Mijn vader zal wel gevallen zijn voor haar uiterlijk en haar vrolijkheid. Nog altijd vallen mannen bij bosjes voor haar, dus dat begrijp ik wel. Maar zij? Hij zag er goed uit, op foto's – en ik heb die foto's uren bestudeerd – is hij leuk, ik krijg er een warm gevoel van vanbinnen. Dan ben ik trots dat die man mijn vader is. Op die eerste foto's lacht hij ook, niet zo uitbundig als mijn moeder, geen lachebek zal ik maar zeggen, maar een lieve, beschermende lach. Op eentje heeft hij een arm om haar heen, zij kijkt de lens in maar hij kijkt naar haar, verliefd. Zou hij pas later zo ernstig zijn geworden? Waardoor dan? Daar lig ik in bed vaak over te piekeren, dat je dus kennelijk kunt veranderen. En dan vraag ik me af of je ook andersóm kunt veranderen, dat je heel ernstig bent en als je ouder wordt, steeds vrolijker wordt.

Albert is vijf jaar ouder dan ik. Toen ik in groep 4 zat, zat hij al op de middelbare school; toen ik eenmaal op de middelbare zat, ging hij het huis uit. Iets technisch studeren in Amsterdam. Veel meisjes vinden een oudere broer leuk, voor mij hoeft het niet. Ik heb aan één vader meer dan genoeg, ik hoef geen tweede. En Albert wilde altijd mijn tweede vader zijn. Toen ik tien was, zei ik hem dat hij daarmee op moest houden en ik weet nog dat hij toen antwoordde 'dan trek ik mijn handen van je af'. Daar word je toch niet goed van! Ik trek mijn handen van je af! Dat had-ie mijn vader een keer horen zeggen, en aangezien hij alles wat mijn vader zegt en doet klakkeloos overneemt, zei hij dat op zo'n eigenwijzevadertoon tegen mij. En hij hield woord. Ik was lucht voor hem. 'Niemand thuis?' als ik toch echt recht voor z'n neus aan de keukentafel zat! 'Zo zus, wat zie je er weer hoerig uit' omdat ik volgens hem 'uitdagend' gekleed was! Uitdagend, en dat over mij! Maar dat hij speciaal voor mij thuis is gekomen, dat verandert de zaak toch behoorlijk. Ik zal voortaan met andere ogen naar hem kijken.

Chris komt twaalf jaar na mij, hij is nu vijf. 'Een goedmakertje', zo heet dat.

Na mijn geboorte twaalf jaar noppes en dan ineens mijn broertje, dat is niet zomaar. Dat heet dus een ongelukje of een goedmakertje.

Van mijn broertje hou ik meer dan van wie of wat ook op de hele wereld. Chrisje is alleen maar lief. Lacht altijd, ziet eruit om op te eten, dat weet zelfs mijn vader... mijn vader is een andere vader als Chrisje in de buurt is. Dan wordt hij zachter, niet de man die doet alsof hij alles zo zeker weet. Ons gezin draait om Chrisje. Albert is ook dol op hem. 'Chris, pak de bal,' en dan hollen ze naar buiten. Kijk ik stiekem door het raam.

Ik denk nu intens aan mijn broertje. Chrisje is twee jaar, ik loop met hem door een parkje. Hij is ziek geweest en is blij dat hij weer naar buiten mag. Plotseling rent hij op een mevrouw af en roept: 'Ik had rode wond.' Als ik daaraan denk, moet ik bijna huilen. Ik voel het handje van Chrisje in mijn hand en weet weer precies hoe trots ik op mijn broertje was, hoe ik dacht: dat knulletje is lekker van mij.

Ik schrik als mijn moeder vraagt waar ik aan zit te denken. Pak vlug een blad en doe alsof ik nadenk over iets wat ik net gelezen heb.

16

Een uur te vroeg staan we voor de deur van de studio's in Aalsmeer. Zelfs een brutaal type als Karin zou hier onder de indruk zijn. Er zijn zo veel studio's dat we de ingang niet kunnen vinden. Mijn moeder heeft alles uitgezocht, vanaf de trein met de bus, maar dat het zo groot was, daar heeft zelfs zij niet aan gedacht. Op goed geluk lopen we op een deur af. Achter een toonbank – 'balie, dat heet een balie,' zegt mijn moeder – zit een meisje, niet veel ouder dan ik, in een tuttig blauw uniform, dat ons vertelt dat we aan de achterkant moeten zijn. En daar gaan we, mijn moeder op d'r hoge hakken, lachend van de zenuwen en helemaal opgewonden als ze iemand herkent die ze de vorige week op de televisie zag.

Ik sis: 'Hou je in, stel je niet aan,' maar zij groet die man alsof-ie met haar op aerobics zit. 'Als je je straks ook zo idioot aanstelt, ga ik niet met je mee naar binnen,' roep ik woedend, waarop zij weer zegt dat ik me niet moet aanstellen want dat het alleen maar aardig is om een bekende Nederlander te groeten. 'Dat doen ze bij jou straks ook en dan vind jij dat ook leuk.'

Hou op, alsjeblieft! Mokkend loop ik achter haar aan, maar lang boos zijn op haar lukt me niet. 'Geef me een arm en trek niet zo'n zuur gezicht.' En dan is mijn boosheid weer verdwenen.

Door straatjes met van die lullige beeldjes voor de ramen – een meisje met pijpenkrullen en een hond naast d'r benen, van porselein of zo – naar wat wij dan maar hopen dat de goede richting is. Na wat wel een halfuur lijkt, bereiken we de achterkant van het gebouw. Omdat we veel te vroeg zijn, stelt mijn moeder voor naar het café aan de overkant te gaan. 'Kunnen we kijken wie er naar binnen gaat.'

Ik – je moet toch wat zeggen? – merk op dat we ook kunnen zien wie er naar buiten komt, waar mijn moeder verschrikkelijk om moet lachen. Van de zenuwen.

Goed, daar zitten we dus, allebei met een kopje koffie voor onze neus. En maar naar buiten gluren of we bekende Nederlanders voorbij zien komen. Nou, we hoeven niet lang te wachten. Na vijf minuten gilt mijn moeder: 'Daar gaat die vrouw die Jasmijn speelt.'

Ik fluister: 'Niet zo hard, ze hoeft je niet te horen,' maar mijn moeder is helemaal opgewonden.

'Ze ziet er heel anders uit dan op televisie, eigenlijk knapper, in ieder geval jonger.'

Dat kan ik er niet van maken, ik denk alleen maar: zou ik daar straks mee moeten spelen? en bijt bijna mijn kopje stuk. Want die Jasmijn is de vrouw van Peter, de bankdirecteur, de vader van Bob en Samanta.

Twee minuten later ziet mijn moeder André van Duin naar buiten komen en als weer vijf minuten later Reinout Oerlemans de straat oversteekt en richting ons café komt, begint ze als een bezetene haar lippen te stiften.

'Alle moeite voor niks,' kan ik niet nalaten te zeggen, want Oerlemans zwaait naar iemand aan de overkant en loopt vlak langs ons raam naar zijn auto.

'Een Porsche,' verzucht mijn moeder en in die zucht legt ze heel haar bewondering voor de bekende Nederlander.

We zijn net gekalmeerd of de deur gaat open en twee meisjes en een jongen van mijn leeftijd komen aan een tafeltje vlak bij ons zitten.

Wij doen natuurlijk alsof we niet luisteren, maar we horen ieder woord. Het ene meisje zegt dat het shit ging en de jongen antwoordt dat ze niet moet zeuren want dat het er in één keer op stond dus dat het goed was. 'Hans is de lastigste van alle drie, dus als hij tevreden is, heb jij niks te klagen.' Het meisje is het daar niet mee eens, ze zegt dat zij zelf het beste weet of het lekker ging of niet, en dat deze scène razend moeilijk was en nooit zo vroeg in de morgen gepland had mogen worden. Ik durf bijna geen adem te halen en ben diep onder de indruk. Het andere meisje komt tussenbeide. 'Weet je, Marjo, het probleem met Tammo is dat je nooit iets van hem terugkrijgt, je kunt spelen wat je wilt, hij is alleen maar met zichzelf bezig.'

Het eerste meisje, Marjo dus, buigt zich voorover en roept – het lijkt wel of wij niet vlak naast haar zitten – 'Precies, hij is zo verdomde ijdel, ik haat het om met hem te spelen, het is precies zoals jij zegt, je krijgt nooit iets terug. Wat ik ook zo afschuwelijk vind, is dat hij je nooit aankijkt, hij geilt alleen maar met de camera, ik begrijp niet dat regisseurs daar niets van zeggen, die moeten dat toch ook zien?'

De jongen vindt het nu kennelijk genoeg. 'Mag ik nou ook es wat zeggen, ik mag Tammo best. Natuurlijk is-ie ijdel, maar dat zijn we allemaal. De een laat het meer zien dan de ander, dus Tammo meer dan weet ik veel wie, maar het is wel een goeie vent. Ik zit bij hem in de kleedkamer, ken hem waarschijnlijk beter dan jullie, ik weet dat hij bloedserieus is en...'

Hij krijgt niet de kans zijn zin af te maken. 'Hij is veel te serieus, dat is nou juist het probleem met hem,' zegt Marjo. 'Hij is nooit es prettig ontspannen.' En dan tegen het andere meisje: 'Do, heb jij ooit met hem gelachen? Hij lult alleen maar over z'n tekst, dat het niet klopt, dat hij het zo niet kan zeggen, of-ie in close-up is, van welke kant de camera komt, ik word gestoord van die vent.'

De jongen geeft het op en vraagt wat ze willen drinken.

Plotseling kijkt het andere meisje naar mij en ik voel dat ik een kleur krijg. Ze fluistert iets tegen die Marjo, wedden dat ze het over mij hebben? Ik weet niets anders te doen dan mijn moeder snel om een sigaret te vragen. Aan de tafel naast ons gaan ze nu zitten fluisteren.

Mijn moeder kijkt op haar horloge en zegt dat het tijd is. Van de zenuwen en omdat ik de ogen van die vier in mijn rug voel prikken, struikel ik bijna. Kan me nog net aan de tafel vasthouden. Ik hoor het meisje van wie ik nog steeds de naam niet weet roepen: 'J.P., mogen wij nog drie biertjes en een jonge jenever?' en we staan buiten. En weer denk ik: wedden dat ze me nakijken? Mijn moeder vindt ze aardig, maar ik weet niet goed wat ik ervan denken moet. Waarschijnlijk komt dat doordat ik me ineens een kleuter voelde. Ze zaten daar zo zeker van zichzelf en dat geleuter over camera en close-up gaf me het onzekere gevoel van 'waar ben ik aan begonnen?'

Bij de achterdeur aangekomen, ontdekken we na een kwartier dat er een knop zit waar we op moeten drukken.

Ook hier zit een vrouw achter de toonbank, maar deze is aardig. Ze lacht vriendelijk en als wij gezegd hebben waar we voor komen, pakt ze de telefoon en zegt: 'Ik heb hier... wie kan ik zeggen...?'

En dan gebeurt er iets... Ik wacht niet op mijn moeder, maar antwoord snel: 'Lauren Bolk, ik heb een afspraak met Johan van Vliet.' Ik zeg niet: 'We hebben een afspraak,' nee, ik zeg: 'Ik heb een afspraak.'

De vrouw zegt dat we dadelijk worden gehaald en dat we in de stoelen voor het raam kunnen plaatsnemen. Wat een drukte is het hier. Ik kijk m'n ogen uit. Door een glazen deur kijk ik in een soort loods, waarin grote decorstukken staan. Overal lopen mannen heen en weer met blocnotes die aanwijzingen geven waar die stukken heen moeten worden gesjouwd. Vlak langs mij heen lopen mensen die ik, de een vagelijk, de ander direct, van de televisie herken. Er is er niet een bij die niet even naar ons kijkt. Mijn moeder heeft alweer een sigaret opgestoken en zit erbij alsof ze hier al jaren over de vloer komt. Als mijn vader haar kon zien zitten, zou hij zeggen: 'Je zit in je blote kont.' Hoe ze het klaarspeelt weet ik niet, maar je zou zweren dat ze de Nederlandse Madonna is. Feit is dat iedere kerel naar haar kijkt. En dat weet ze heel goed!

'Dag mevrouw. Ben jij Lauren?'

Ik schrik.

Deze keer is mijn moeder sneller. 'We zitten te wachten op Johan van Vliet,' zegt ze.

'Dat klopt,' zegt de jongen. 'Ik ben Rein, Johan zit nog even aan de telefoon, hij vroeg mij jullie op te halen. Zullen we maar gaan?'

Hij houdt een kaart tegen een plaatje op de muur en de deur gaat open. We lopen langs mannen die lopen te sjouwen en die allemaal naar ons kijken alsof ze nog nooit een vrouw gezien hebben. Ik weet me geen raad met mijn houding, maar mijn moeder lacht stralend en vraagt waar ze mee bezig zijn. Het lijkt wel of ze gek is geworden. Maar die Rein schijnt het leuk te vinden. 'Dit zijn decors voor de grote show die morgen wordt opgenomen, als u zin hebt, kunt u komen kijken.'

Moet-ie vooral niet tegen mijn moeder zeggen! 'Kan dat?' roept ze blij. 'Lijkt me enig.' We gaan weer een deur door, een smal gangetje in, een trap op, nog een trap, aan de muren grote foto's van scènes uit *Het blauwe huis* en dan staan we in wat eruitziet als een kantoor. Rommelig en gezellig. Langs de muren een paar bureaus, het midden is open. Kriskras overal stoelen, rond een tafel een paar gemakkelijke banken. Stalen kasten, computers... Ik weet niet waarom, maar het papier overal, de tijdschriften, een rij covers van omroepbladen, foto's, het prikbord, de chaos, het maakt op mij een gezellige indruk. In de gemakkelijke stoelen zitten of liggen acteurs, die allemaal net doen alsof ze ons niet zien. Een meisje achter een bureau springt op, komt naar ons toe en zegt: 'Hallo, dag Lauren, ik ben Sjors, Johan is klaar.' Ik zie hem zitten achter een grote glazen ruit. Dat doet me wat, dat ze mijn naam weet.

Mijn moeder voert voornamelijk het woord.

Johan wil over de soap vertellen, maar ze laat hem amper aan het woord komen. Iedere keer dat hij z'n mond opentrekt, is zij hem net voor. Na een paar minuten wordt het hem te gek. 'Mevrouw, ik waardeer het dat u mee bent gekomen, maar er zijn toch echt een paar dingen die ik kwijt wil.'

Daar schrikt ze van. 'U hebt gelijk, neem me niet kwalijk.'

Johan lacht eventjes naar mij en vertelt dan hoe de soap werkt. Hoe ik ook mijn best doe te luisteren naar wat hij zegt, ik kan mijn gedachten er niet bijhouden. Gelukkig heb ik op school geleerd te doen alsof ik erg goed luister terwijl ik geen woord hoor. Ik schrik als ik mijn moeder hoor vragen wat ik ga verdienen. Kennelijk mag ze nu vragen stellen, want Johan kijkt niet van 'god, daar heb je haar weer'.

Hij noemt een bedrag waar ik van duizel en mijn moeder vraagt of dat de gebruikelijke gage is. Ik heb haar nog nooit zo zakelijk bezig gezien, alsof ze een heleboel contracten heeft afgesloten. Daarna vraagt ze of er rekening wordt gehouden met mijn eindexamen – kijk ik van op, dat ze dat vraagt – en of ik reiskostenvergoeding krijg. Heb nooit geweten dat ze zo gehaaid was. 'Maar goed dat je je moeder hebt meegenomen,' zegt Johan na een halfuur, 'dat bespaart ons een hoop ellende achteraf.' Waarop mijn moeder met haar liefste lach antwoordt: 'Zo denk ik er ook over.'

Ik heb de hele tijd het gevoel dat mijn moeder zit te genieten, dat ze het machtig vindt in dat kantoor, alsof ze er hoort. Veel meer dan ik. We zijn klaar, schudden handen, en terwijl mijn moeder uitbundig en ik verlegen de acteurs groet, lopen we naar de trap. Eenmaal buiten stelt mijn moeder voor ergens te gaan eten.

Ik wil het liefst naar huis.

Maar zij weet een restaurant. 'Vlak bij de Dam', zegt ze. 'We gaan vieren dat alles nu echt definitief is.'

We komen het restaurant binnen en tot mijn verbazing vertelt mijn moeder dat ze hier vroeger met mijn vader is geweest. 'Toen het net aan was.' Ik zeg: 'Vertel daar eens over,' maar ze begint over iets anders. Ik kijk naar buiten en dwing mezelf niet te luisteren. Mijn moeder drinkt de ene borrel na de andere, ik zo veel cola dat die m'n strot uit komt. Waarom kletst ze nu over haarzelf? Ik ken die verhalen nou wel; dat zij zo graag had meegemaakt wat ik nu ga beleven. Mooi feestelijk, denk ik.

In bed moet ik huilen.
Ik huil nooit, maar nu lig ik in m'n eentje te grienen.
Ik ben bang.
Bang voor alle veranderingen.
En zo begin ik eigenlijk aan de soap.
Ik doe naar de buitenwereld alsof ik zeker ben van mezelf, maar dat ben ik voor geen meter.
Natuurlijk ben ik ook best trots op mezelf.
Ik heb het toch zélf gedaan!
Goed, mijn moeder heeft het verzonnen. Maar die screentest heb ik alleen gedaan. Dat kan niemand me afnemen.
Het allergekste is, tijdens die screentest was ik niet bang!
Was ik geen tel onzeker.
Als ik aan die screentest denk, aan de camera, de spanning, word ik blij. Dan wou ik dat ik morgen kon beginnen.

17

Ik heb mijn eindexamen gehaald!

Vraag me niet hoe, maar ik heb het gehaald. Zelfs mijn vader was enthousiast, al kon hij het natuurlijk niet laten quasigrappig op te merken dat hij hogere cijfers verwacht had. Maar toen we alleen in de keuken stonden, zei hij dat hij het een hele prestatie van me vond. Ik dacht dat er nog meer zou komen, maar daar bleef het bij. Mijn moeder beleeft gouden tijden, eerst de drukte rond mijn screentest en dan nog eens mijn slagen.

Ik heb gemerkt dat er rare dingen met je kunnen gebeuren. Ik mag mezelf dan redelijk nuchter vinden, maar toen Karin kwam opdraven met de plaatselijke krant waarin een stuk over mij stond, ging ik toch behoorlijk uit m'n dak. En vergat onmiddellijk al mijn goede voornemens nuchter tegen het hele soapgebeuren aan te kijken. Het was een piepklein stuk, maar algauw bleek dat iedereen het had gelezen. Er stond niet eens een foto bij, toch kwam iedereen op me af. 'Ga zitten, Bolk,' gilde Karin, 'ik zal het voorlezen. Ontspan je en luister.'

Ik wou het natuurlijk zelf lezen, maar Karin begon al.

Onze zeventienjarige stadsgenote Lauren Bolk gaat de rol van Sandra vervullen in de succesvolle soap Het blauwe huis. *Lauren speelde al enige tijd bij jeugdtoneelgroep Pinokkio en is na een screentest uitgekozen voor een vaste rol in deze serie. De opnamen zullen over vier weken beginnen. Lauren Bolk is leerlinge van het Dalton Lyceum en is zojuist geslaagd voor haar havo-eindexamen.*

Het stond er echt! Ik heb het wel honderd keer overgelezen!
Albert kwam het weekend. Ik was zo stom hem de krant te laten
zien. Het enige wat hij zei, was: 'Wel een pestklein stukje en niet
eens een foto.' Het gekke was dat het me niks deed, ik was niet
eens boos. Zei alleen maar: 'Ik wacht op de dag dat jij met je voetbal een keer in de krant staat.'

Vanaf de dag dat ik mijn eindexamen heb gehaald, kan ik aan
niets anders denken dan aan de soap. Ik doe eigenlijk niks, maar
de dagen vliegen voorbij. Iedere avond kijk ik naar de soap, nu
met heel andere ogen. Als Tammo in beeld komt, schieten de zenuwen door me heen. Met hem ga ik straks spelen! denk ik dan.
Vraag me af wat ik moet zeggen; de man die de vader speelt, Paul
Hofstra, zeg ik daar nou meneer tegen of hoe gaat dat? De laatste keer dat ik op Pinokkio was, om afscheid te nemen, heb ik
Tineke de oren van d'r hoofd gevraagd. Zij zegt bij alles: 'Dat zul
je wel zien, dat gaat allemaal vanzelf,' maar dat stelt me niet gerust. Aan mijn moeder heb ik niks. 'Je stelt je netjes voor en je
merkt wel hoe ze met elkaar omgaan,' zegt ze, alsof het zo makkelijk is.
Iedere dag word ik een stukje zenuwachtiger.
En morgen is het zover...
Morgen stap ik in de trein en dan in de bus.
Gelukkig weet ik nu precies hoe ik moet lopen.
Karin wil 'de laatste avond dat ik nog gewoon met je over straat
kan lopen' naar de bios. Ik voel daar niks voor, maar heb ja gezegd. Karin heeft zo ongelofelijk met me meegeleefd dat ik niet
durfde weigeren.

18

Drie dagen geleden lag er een dik pak in de bus.
Mijn handen trilden zo verschrikkelijk dat het me moeite kostte het open te maken.
Een roze vel papier met in grote zwarte letters *Callsheet*. Daaronder de datum en *Bolk 307, Afl. 1531 t/m 1535*. Daar weer onder:

Regisseur: Harald van Eijck
Regieassistent: Lony de Zwart
Opnameleiding: Theo van der Vaart
Crew call: 07.45 uur, tv-Studio Aalsmeer
M/U & kleding: 07.00 uur
Opname: 08.00 – 18.45 uur
Lunch: 12.55 – 13.40 uur
Tea break: 16.20 – 16.35 uur

En dan kwam het!
Op één regel, ook weer met grote letters: *Acteur... Rol... Call Set*.
Dan volgden de namen van de acteurs met als nummer zes mijn naam.
Daar stond het! *Lauren Bolk... Sandra Bergman... 9.25-10.25.*
Eerst begreep ik er niks van. Ik stond maar naar dat roze vel te gluren. Na een paar minuten drong het tot me door. Ik heette dus Bergman met m'n achternaam, moest er om vijf voor halftien zijn en moest om vijf voor halfelf draaien. 'Draaien,' ik zei het

een paar keer hardop. In dat uur zou ik me dus moeten verkleden en geschminkt worden, begreep ik.

Toen bekeek ik de papieren nogmaals en zag dat er op maandag- en woensdagochtend gerepeteerd wordt en op de andere dagen wordt opgenomen. Dus ik hoefde nog niet direct te draaien...

Ik heb toch nog geslapen.

Mijn moeder maakt me wakker.

'Kind, het is zover. Ga lekker lang onder de douche, je ontbijtje staat klaar. Ik ga iets later naar kantoor, dan kan ik je naar de trein brengen.'

Mijn vader doet zijn best.

Hij doet echt zijn best.

Als ik beneden kom, is hij net klaar. Hij pakt zijn jas, draait zich bij de deur naar me om, kijkt me aan met een blik van 'heb ik dat meisje eerder gezien' en zegt dan: 'Doe je best, Lauren.' Ik weet dat het hem veel moeite kost dat te zeggen. Ineens, zomaar, loop ik op hem af en geef hem een zoen. Hij strijkt over m'n haar, mompelt 'misschien tot vanavond' en is verdwenen. Mijn moeder heeft in de keuken gewacht tot hij weg was. Ze komt vrolijk lachend binnen, zegt: 'Ziezo, ik ben er klaar voor' en gaat tegenover me zitten.

Een halfuur later zit ik in de trein.

Met de tekst op schoot.

Ik heb twee scènes vandaag.

Die kende ik in een kwartier. De eerste is met Paul Hofstra, die kende ik al want die heb ik voor mijn screentest gedaan. De twee-de is met Tammo, maar daarin heb ik maar een paar zinnetjes.

In de trein neem ik ze nog eens door en besluit dat ik me over de tekst niet druk hoef te maken. Maar dan beginnen de zenuwen weer. Want nu moet ik met de echte acteurs spelen en dat is iets anders dan wanneer mijn moeder de tekst leest.

De chauffeur van de bus is dezelfde als de keer met mijn moeder.

Ik herken hem, maar hij mij niet. Dat wordt wel anders, ventje, denk ik overmoedig.

Dat overmoedige is over als ik voor de deur van de studio sta.

De eerste die ik op de trap tegenkom is Marjo, die in het café zat te vertellen dat Tammo altijd zo met zichzelf bezig was. Ik hoor haar nog zeggen: 'Hij geilt alleen maar met de camera.' Ik wil voor haar opzij gaan, maar ze houdt me tegen. 'Jij bent Lauren, hè, leuk dat je er bent, Tammo zit in de *green room*, je hebt op je eerste dag een scène met hem, hoorde ik. Je had niet beter kunnen beginnen.' Ik probeer niet al te verbaasd te kijken, want de vorige keer sprak ze wel anders over hem. 'En Paul is een schat, hij is zo verschrikkelijk ervaren. Nou doei, ik ben al lekker vrij, heb een hoop te doen vandaag. Ik zie je gauw, volgende week hebben wij een paar fikse scènes samen.'

Ik weet niet wat ik van haar denken moet, maar heb geen tijd me daar druk over te maken. Boven gekomen stormt dat andere meisje, dat ook in het café zat, op me af.

'Hoi Lauren, ik ben Do, ik zat op je te wachten, zo'n eerste dag is alles griezelig nieuw, ik herinner me nog goed hoe ik de eerste keer binnenkwam. Loop maar met me mee, dan zal ik je een beetje wegwijs maken.'

Achter haar aan hobbel ik weer een trap op en sta dan in een gezellige, lange zaal. Aan de ene kant ramen, daarvoor een lange tafel met stoelen, aan het eind een bank met grote stoelen en een televisie en aan de andere kant een soort bar.

Op die stoelen langs die grote tafel zitten mensen druk met elkaar te kletsen. Ik voel hun blikken over me heen glijden. 'Ik zal je even voorstellen,' zegt Do en ik schud handen en hoor namen die ik drie minuten later al niet meer weet.

'Wat doen al die mensen?' durf ik Do te vragen wanneer we in haar kleedkamer zijn aangekomen.

'Maak je daar nu maar geen zorgen over, voor je het weet ken je iedereen.' En met een knallende lach: 'We zijn echt een gezinnetje, hoor. Nee, zonder flauwekul, de sfeer is fantastisch. Je moet boven op kantoor straks een lijst vragen waar alle namen op staan. Wie het licht doet, het decor, de spullen die er moeten staan – *set dressing* heet dat – wie kleding en grime doet en ga zo maar door. Dit is mijn kleedkamer, valt niks aan te zien, ik geloof dat jij hiernaast zit. Dat bed is van Herma, die komt helemaal uit Arnhem. Als ze er vroeg moet zijn en een paar uur tussendoor vrij is, slaapt ze. Zullen we naar kleding gaan? Dan zal ik je ook wijzen waar de grime is.'

Ik vind alles goed. Loop als een kip zonder kop achter haar aan.

Carola heeft kleding voor me klaarhangen. Ze vraagt of ik tevreden ben en ik zeg maar dat ik het prachtig vind. Ben te zenuwachtig om er echt naar te kijken.

Do zegt dat ze moet opschieten.

Ik vergeet bijna haar te bedanken. 'Zonder jou had ik me geen raad geweten,' zeg ik.

Omdat ik geen idee heb wat ik moet doen, ga ik maar naar de green room. Ik ga aan de tafel zitten en kijk wat om me heen. Voor de televisie zitten twee jongens naar voetbal te kijken, ze negeren mij en dat vind ik best. Plotseling komt er een oudere man binnen die recht op me afkomt. Ik herken hem meteen als Paul Hofstra, die de vader speelt. De meeste mensen die ik tot nu toe gezien heb, zijn van mijn leeftijd of maar een stukje ouder, hij zou mijn vader kunnen zijn. 'Zo, dus jij bent Lauren,' zegt hij terwijl hij een hand op mijn schouder legt. 'Ik ben Paul Hofstra, ik speel Peter de Blaak. Als je tijd hebt kunnen we even kletsen en de tekst doornemen, vind je dat goed?'

Ik hoor Karin en m'n moeder al gillen als ik vanavond vertel dat Paul Hofstra mij vroeg of ik het goed vond even met hem te kletsen en de tekst door te nemen! Mijn moeder natuurlijk vragen wie Paul Hofstra is, want ze kent hem alleen als Peter de Blaak. Ik lach naar hem en antwoord dat ik niks te doen heb.

Hij wijst dat ik weer kan gaan zitten en vraagt of ik koffie wil. Al had-ie gevraagd of ik zure melk wilde, ik had ja gezegd.

'Ziezo, we hebben nog tien minuten. Ik neem aan dat jij het kent, bij mij zweeft het nog, maar we komen er wel uit samen,' zegt hij lachend. Hij vraagt wat ik vóór de soap gedaan heb en ik vertel over Pinokkio. 'Mooi zo, je hebt dus enige ervaring. Daar ben ik blij om, want soms krijgen we een nieuwe jongen of een nieuw meisje en die weten niet van de hoed en de rand. Maar de meesten leren snel,' zegt hij en kijkt me vriendelijk aan. 'Ik ben van een andere generatie, voor mij is toneelspelen een vak. Ik wilde maar één ding: naar de toneelschool. Dat was in die tijd nog niet zo normaal als nu, mijn ouders waren fel tegen. Maar ik wilde niets anders.'

Daar weet ik niks op te zeggen, want ik heb vanaf de screentest tot nu toe nooit aan een vak gedacht. Maar ik knik alsof ik er alles van begrijp.

'Tussen haakjes, je moet me gewoon Paul noemen, hoor. Ik ben wel een stukje ouder dan jij, maar meneer hoeft voor mij niet. Mag zelfs niet. En als ik begin te zeuren over "vroeger" of "toen ik jong was" moet je onmiddellijk ingrijpen.' Weer die leuke lach. Eventjes moet ik aan mijn vader denken, de spaarzame keren dat hij spontaan lacht. Ik schat Paul op ergens tussen de vijftig en zestig, dat heb ik altijd oud gevonden, maar bij hem denk ik niet aan leeftijd.

Paul kent de tekst niet zoals ik. Ik heb het woord voor woord uit m'n hoofd geleerd.

Hij denkt na, zegt dan ongeveer wat er staat, maar niet precies. Het lijkt wel of hij zegt wat hij dénkt dat hij zou moeten zeggen. Alsof hij het zelf verzínt. Soms weet ik niet of hij gewoon met me praat of dat hij bezig is te spelen. Tot twee keer toe mompelt hij: 'Dit is onzin, zo kan geen mens dat zeggen, we maken er iets anders van, Lauren,' en dan verandert hij de tekst in iets wat veel beter klinkt. Dat dat zomaar mag! Hij wil het nog een keer doen, maar Rein komt ons halen. Met trillende benen loop ik achter hem aan naar beneden. We gaan een deur door en ik sta in een kolossale ruimte, het lijkt wel een sporthal, met allemaal verschillende decors. Nog steeds achter Paul en Rein loop ik langs een tuin, een keuken, een café, een slaapkamer en dan komen we aan bij een huiskamer. Ik begrijp dat dit de kamer is voor mijn eerste scène.

'Hoi Lauren! Een belangrijke dag, je eerste scène. Je hebt al kennisgemaakt met Paul, we liggen goed op schema dus laten we maar direct beginnen. Ik ben de regisseur van jouw eerste week, Harald van Eijck.' Hij steekt zijn hand uit en gaat door: 'Johan heeft je waarschijnlijk verteld dat er vier regisseurs zijn, de een is beter dan de ander, ik ben de beste, dan weet je dat vast.' Niemand lacht, dus ik ook niet.

Op papier is het een lange scène, maar we zijn klaar voor ik er erg in heb. Met Paul spelen is heel anders dan ik op school of bij Pinokkio heb meegemaakt. Hij dwingt me hem aan te kijken en goed naar hem te luisteren. Algauw ben ik mijn zenuwen kwijt, ik zeg mijn tekst, maar niet omdat ik al die woorden geleerd heb, nee het is net alsof ik ze zelf zeg. Alsof ik ze zelf verzin. Nog nooit heb ik zo het gevoel gehad dat ik iets doe wat ik verschrikkelijk leuk vind. Ik vind het gewoon jammer dat we klaar zijn.

'Dat ging uitstekend,' zegt Harald, 'voor mij hoeven we het niet nog eens te doen. Jij ook tevreden, Paul?'

Terwijl Paul mij aankijkt, antwoordt hij: 'Ik was benieuwd wie Sandra zou worden, maar dit keer hebben jullie de juiste keus gedaan, lijkt me.'

Ik zweef omhoog naar de green room.

Daar komt Tammo op me af en vraagt hoe het ging.

'Ik geloof wel een beetje goed,' zeg ik.

Ik stotter bijna.

'Dan gaan wij er ook iets moois van maken,' zegt hij lachend.

93

19

De volgende dag zit hetzelfde meisje achter de balie als toen ik met mijn moeder kwam voor de contractbespreking. 'Je moet een pasje aanvragen, dan kun je voortaan gewoon doorlopen.'
Ik hoor erbij!
Zo'n stom zinnetje over een pasje helpt me mijn zenuwen te vergeten. Want vandaag moet het echt gebeuren, voor de camera. Dat is het eerste wat ik dacht toen ik wakker werd. De camera! Dankzij Do weet ik hoe ik moet lopen. Op een deur hangt een papier met een paar namen, de onderste die van mij. Mijn kleedkamer, het staat er: LAUREN BOLK. Aan de kapstok hangen mijn kleren. Moet ik die nu al aantrekken of straks als ik geschminkt ben? Laat ik maar eerst naar de make-up gaan.
Daniëlle doet de make-up. Do heeft me over haar verteld, dat ze alles weet over iedereen maar heel goed haar mond kan houden, dat ze verschrikkelijk lief is en nog iets maar dat ben ik vergeten. Ze kletst direct met me, heel vertrouwelijk. 'Dit is je eerste dag, ga ontspannen zitten, laat alles van je af glijden. Trek je van niemand iets aan, we hebben het heel gezellig met elkaar, nu is alles nog vreemd maar over een week weet je niet anders.'
Ik vertel over thuis, over mijn moeder die mee is geweest voor de contractbespreking, dat mijn vader niks ziet in de soap, over Karin... Ik ga maar door.
Achter mij staan een bank en een paar grote stoelen.
Steeds komen er acteurs binnen, ze komen naar me toe, stellen zich voor en zeggen dat ze het leuk vinden dat ik Sandra ga doen.

Goed dat ik de laatste tijd iedere avond gekeken heb, nu herken ik hun gezichten en weet wie wie is. Bijna allemaal wensen ze me toi-toi-toi voor mijn eerste scène. Ik heb nog nooit van toi-toi-toi gehoord. Daniëlle legt uit dat het zoiets betekent als sterkte of succes wensen. 'Iedereen zegt het, dus je doet maar gewoon mee met de meute,' zegt ze lachend.

Ik krijg ander haar. Daar heb ik dus niks over te vertellen.

'Ik ga wel iets aan je haar veranderen,' zegt Daniëlle en voor ik in de gaten heb wat ze aan het doen is, zit ik tegen een ander mens aan te kijken. Ik heb van mezelf geen krullen, maar nadat ik een halfuur alles geduldig over me heen heb laten komen, heb ik zomaar een kop met krulhaar. Marjo en Herma, het meisje dat uit Arnhem komt, verzekeren me dat ik er ge-wel-dig uitzie en ik doe maar alsof ik dat geloof. Bovendien, als Daniëlle mijn hoofd had kaalgeschoren had ik nog niks durven zeggen.

Ik trek mijn kleren aan, ga voor de spiegel zitten maar daar kan ik het niet uithouden. Op de spiegels naast mij hangen foto's, die bekijk ik één voor één maar ze zeggen me niks. Dan maar naar de green room.

Om me een houding te geven, pak ik een appel. Heb net een hap genomen of daar verschijnt Paul. Zegt ook al dat ik er ge-wel-dig uitzie. Hoe ik eruitzie is kennelijk erg belangrijk. Het is alsof hij m'n gedachte raadt, want onmiddellijk zegt hij: 'Niet dat het om je uiterlijk gaat, begrijp me goed, maar het helpt natuurlijk wel als je er een beetje aardig uitziet. Ik moet het er in ieder geval niet van hebben.' Ik voel dat ik daar iets op moet zeggen maar er schiet me zo gauw niets te binnen. Voorlopig neem ik aan dat hij het niet ijdel bedoelde.

Rein komt ons weer halen.

Gisteren liep ik door een grote, griezelig stille en donkere ruimte, de sfeer zoals op school als het donker is en alle klassen leeg zijn. Vandaag rennen overal mensen heen en weer. Ik struikel bijna over kabels, donder tegen een trap waarop een jongen hoog boven me aan een schijnwerper morrelt en loop ook nog eens tegen een meisje aan dat met een blad vol glazen uit een deur komt die ik niet gezien heb en dat ineens voor m'n neus staat.

Als we bij het huiskamerdecor komen, branden er schemerlampen en er staan bloemen en kopjes op de tafel. Het is net alsof er in die saaie kamer ineens leven is gekomen. Alsof er echt in geleefd wordt. Een vrouw – ze zal niet ouder zijn dan vijfentwintig – stelt zich voor, ik versta alleen dat ze Sofie heet, en legt uit dat zij de opnameleidster is. 'Kom gerust naar mij als je iets wilt weten. De eerste dagen is alles vreemd voor je, maar je zult zien hoe snel je gewend bent,' zegt ze.

Paul ziet dat ik me met m'n houding geen raad weet, slaat een arm om me heen en wil wat zeggen, maar dan duikt ineens Johan uit het donker op. 'Goedemorgen allemaal, mag ik even jullie aandacht?' Het wordt stil, nou ja, stil... 'Lauren is vandaag voor het eerst, wij zijn erg blij met haar en hopelijk zullen jullie dat binnenkort ook zijn. Ze speelt Sandra, juist ja, Lauren speelt Sandra, dus dat is makkelijk te onthouden en wie jullie zijn zal ik haar nu vertellen.' Ik schud weer handen, glimlach me scheel en denk aan mijn moeder die nu iedereen zou proberen in te palmen.

Dan komt ergens vandaan een stem – ik herken hem onmiddellijk als die van Harald – die me ook kort welkom heet en dan is het zover. 'We willen graag nu beginnen,' hoor ik hem zeggen... met veel nadruk op nú.

Ik sta achter de deur en net als ik denk: hoe weet ik nou wanneer ik binnen moet komen? staat Sofie naast me en fluistert: 'Let op mij, ik geef je een teken.' Maar als ze dat geeft, zie ik het niet. Of beter gezegd, ik zie het wel, maar ik kom niet in beweging. Ik sta aan de grond genageld, alsof ik pap in m'n benen heb.

'Lauren, waar ben je, je bent te laat,' hoor ik Harald roepen en zijn stem klinkt allesbehalve vriendelijk.

Dan doet Sofie iets wat ik nooit van mijn leven meer zal vergeten. Ze knijpt mij in m'n arm en roept terug dat het haar schuld is! Ze blijft naast me staan en zegt zachtjes: 'Ik geef je wel een duwtje, dan kan het niet fout gaan.'

Als ik haar duwtje voel, doe ik de deur open, kijk in de ogen van Paul... en ik ben goed! Ik voel het, ik wéét het! Ik vergeet de camera, alle mensen om me heen, ik denk nergens meer aan. Ik speel niks, ik bén Sandra. Als Samanta binnenkomt, kijk ik haar hooghartig aan en vergeet dat Tatiana voor me staat met wie ik een halfuur geleden nog zat te kletsen. 'Hadden we het over Samanta? Kan ik me niet herinneren.' Het komt nog veel arroganter uit mijn mond dan op de repetitie. Heel even zie ik een flits in haar ogen, alsof ze van me schrikt, dan zegt ze achteloos: 'Mijn vader is wel vaker in de war. Let maar niet op hem.'

Ik vind het jammer dat het zo snel voorbij is.

Maar ik hoop ook dat we het niet nog een keer moeten doen.

Dat moet wel.

Sofie legt me uit dat Harald in de regiekamer zit en in aantocht is. Even later komt hij binnen. 'Dat ging uitstekend, maar vanwege enkele technische dingetjes die beter kunnen, doen we het nog een keertje, voor alle zekerheid.'

Paul en Tatiana vinden dat het de tweede keer beter was. Ik begrijp dat niet maar wie ben ik? 'De tweede keer zat er meer rust in,' zegt Paul. 'De eerste keer wou je te veel bewijzen.'

Ik durf hem niet te vragen wat hij daarmee bedoelt.

In de lunchpauze weet ik niet goed naast wie ik moet gaan zitten. Ik blijf bij de bar staan, doe net alsof ik hevig sta te zoeken wat ik zal eten. Gelukkig komt Do de trap op, ze roept: 'Dag allemaal,' en wijst mij dat naast haar een stoel vrij is. Aan de andere kant van de tafel zit een jongen die ik nog niet ken. Hij vraagt of ik rook, zegt dat hij Roland heet en negeert me verder.

Moet hij weten.

Ik heb mijn eerste scène erop zitten.

Mij kan niks meer gebeuren.

20

De scène met Tammo gaat niet goed.

En dat is niet mijn schuld.

Ik heb maar een paar zinnetjes, maar hij heeft heel veel tekst. Het zal wel aan mij liggen, maar ik begrijp niet hoe je zo durft binnen te komen. Op de gang loopt hij nog te leren en als we in de tuin zijn aangekomen waarin de scène zich afspeelt, legt hij achter een boom en een pot met bloemen een stuk tekst neer dat hij uit z'n script heeft gescheurd. 'Voor alle zekerheid,' fluistert hij tegen mij. Niemand schijnt het gek te vinden. Ik vind hem wel een uitslover; mocht hij denken indruk op me te maken, dan vergist hij zich.

'Neem je me hier close?' wil hij van Gert weten en dan gaat-ie met Gert staan praten alsof hij er alles van weet. Misschien doet hij dat ook, maar dat hoeft hij toch niet zo te showen? Doet hij dat altijd of is het voor mij bedoeld? 'Zou jij een pauze willen nemen voordat je dat zinnetje zegt dat je het niet met me eens bent? Dat geeft mij de gelegenheid om de omslag te maken naar ineens die quasivrolijkheid, want ik weet bij god niet hoe ik dat anders voor elkaar moet krijgen. Deze scène zit wel zó onlogisch in elkaar.' Ik vind hem helemaal niet onlogisch, maar zo te zien verwacht hij geen antwoord.

Nou, hij kan dan wel doen alsof hij een enorm ervaren acteur is, mooi dat we het vier keer moeten overdoen omdat hij z'n tekst kwijt is. En iedere keer is het niet zijn schuld. De ene keer lopen er mensen te hard, de andere keer vraagt hij of hij niet beter kan gaan zitten in plaats van staan en dan beweert hij ook nog dat ik op een andere plek sta dan tijdens de repetitie. Het gekke is dat hij na afloop ontzettend aardig tegen me is. 'Het ging lekker, vind je niet? Die pauze nam je precies goed. Ben je klaar vandaag, zullen we naar het café gaan?' Bijna had ik geantwoord dat ik meeging, maar toen zei mijn verstandige ik dat ik niet te hard van stapel moest lopen. Eerst maar es kijken of hij echt aardig is. Pas later bedacht ik dat hij heel anders tegen me is als we alleen zijn. Niet zo stoer, niet alsof hij alles beter weet.

Van iedereen in de cast – zo heet dat, de acteurs heten 'cast', alle anderen heten 'crew' – wordt een foto gemaakt. Dat is niet eventjes een foto maken: ik word op m'n allermooist geschminkt en over wat ik aan moet trekken wordt uren gekletst. Ik moet op sexy, daar ben ik inmiddels aan gewend. Dat uiterlijk belangrijk is, dat is me nu wel duidelijk. Carola heeft een spijkerbroek en een truitje voor me klaargelegd. Een heel kort truitje, mag ik wel zeggen. 'Is dit niet te bloot?' vraag ik, maar zij zegt dat ik het kan hebben. 'Je hebt een prachtig jong lijf, niet preuts doen,' zegt ze streng. Maar ze lacht erbij, wijst op een foto van Marjo en verzucht: 'Die zou er wat voor geven met dit truitje op de foto te mogen.'
Eindelijk is ze tevreden en mag ik naar de studio. Daar staat een fotograaf die me behandelt alsof ik een ster ben. 'Fijn dat je er bent, wat zie je er schitterend uit, daar gaan we iets heel bijzonders van maken. Wil je hier gaan staan, dan stel ik de lampen nog even bij,' en dat soort taal. Ik weet natuurlijk best dat hij de hele dag niets anders zegt, maar dat maakt niet uit. Het gevoel dat ik iemand bén, dat betekent heel veel, dat is belangrijk voor me. Voor het eerst van mijn leven ben ik iemand! Ik weet bijna zeker dat iedereen in de cast dat gevoel heeft, alleen niemand wil ervoor uitkomen. Zeker de jongeren niet. Om vooral niet te laten zien hoe stoer al die aandacht is, doet iedereen alsof-ie nooit anders gewend is geweest. 'Alweer op de foto, duurt het lang?' is het dan.

Ik doe daaraan mee. Ik doe aan alles mee. 'Maak de bovenste knoop van je spijkerbroek een keertje los en kan je truitje iets hoger?' en ik doe het. Weet heel goed wat die fotograaf wil, dus ik kijk erbij alsof ik alle mannen uitnodig met mij het bed te delen. Tijdens het poseren denk ik aan mijn vader. Of-ie zal zeggen: 'Je kijkt alsof je de mannen recht je bed in lokt.' Ik moet niet aan hem denken, want dan word ik onzeker. En ik voel me juist zo lekker.

De eerste uitzending heeft hij zowaar gekeken.

Mijn moeder en ik hadden niets gezegd.

Alsof ze van niks wist, zette mijn moeder de televisie aan.

Net op dat moment kwam Karin binnen.

'Ik heb moeten racen,' hijgt ze, 'ik ben woedend op je, Bolk! Als ik niet iedere avond op de website had gekeken had ik niet geweten dat je er vanavond in zat, waarom heb je niks gezegd? Bescheidenheid lijkt me niet de beste eigenschap als je carrière wilt maken.'

Ik roep bits: 'Wie zegt dat ik dat wil?' maar dan begint de uitzending. Mijn vader doet alsof hij de krant leest, maar ik zie dat hij kijkt. Karin en mijn moeder zijn na afloop door het dolle heen, mijn moeder haalt een fles wijn en juicht: 'Dit moeten we vieren,' maar mijn vader zegt niks. Als het hem kennelijk te druk wordt, staat hij op en zegt dat hij een blokje om gaat. Wat die man in de toekomst nog een blokjes om zal moeten lopen.

Vandaag is er voor het eerst post voor mij.

Fanmail heet dat.

Ik wil naar mijn kleedkamer lopen, roept Sjors dat ik fanmail heb. Op haar bureau liggen vijf brieven! Johan komt uit zijn kantoor, ziet de brieven en zegt: 'Dat is een goed teken, Lauren. Post is belangrijk voor ons kijkcijfer.' Hoe dat in z'n werk gaat weet ik niet, maar dat het uiteindelijk om het kijkcijfer draait, dat was me al na een week duidelijk. En om de kijkdichtheid. Wat het verschil is weet ik ook nog niet precies, ik geloof dat het te maken heeft met hoeveel mensen gekeken hebben en wat ze ervan vonden. Of ze de uitzendingen waardeerden, en dat krijgt dan ook weer een cijfer. Tammo wilde het me uitleggen maar die deed zo gewichtig dat ik algauw riep: 'Hou maar op, als ze maar kijken, de rest is me te ingewikkeld.' Iedereen is blij als er vanuit kantoor geroepen wordt: 'Gisteren hadden we achthonderdduizend.' Want als het kijkcijfer zakt, betekent dat dat het spannend wordt of we nog een jaar doorgaan.

Goed, ik heb dus post. Ik neem de brieven mee en maak ze in mijn kleedkamer open. Een meisje uit Culemborg schrijft dat ze me steengoed vindt en of ik een foto kan sturen. Mooi dat ik die nu heb. Een meisje uit Groningen wil weten of ik mijn rol leuk vind, of ik in het echt verliefd ben op Bob – ben ik verliefd op Tammo, dacht het niet – en wil ook een foto. Hé, deze is van een jongen. Kijk es aan, hij vindt dat ik zo natuurlijk speel, hij studeert in Delft en of ik een avond wil komen vertellen hoe dat is, spelen in een soap. Ik zal wel gek zijn. De vierde brief is van een heel jong meisje, het handschrift van een kind, met tekeningen erbij. Of beroemd zijn leuk is. Ik zal haar schrijven dat beroemd zijn me hartstikke leuk lijkt, maar dat ik daar geen verstand van heb omdat ik het nog niet ben. Dan de laatste brief, nou zeg, die durft, een hele lijst met vragen. Hoe oud ik ben, waar ik geboren ben, wat ik vóór de soap heb gedaan, wat ik verdien. Hoe haalt-ie het in z'n hoofd? De laatste vraag, tja wat moet ik daarmee? Of ik gelukkig ben... Moet ik daar nou echt op terugschrijven? Ben ik gelukkig? Ik geloof het wel, ik voel me nu op mijn gemak in de soap, vind het niet leuk als ik een dag vrij ben – tja, ik ben best gelukkig. Best heel erg gelukkig. Maar moet ik dat nou aan iemand die ik niet ken gaan uitleggen? Dat zal ik Do vragen.

Do zit in de green room. 'Mag ik je iets vragen?'

'Alleen als het heel belangrijk is.'

'Ik heb post gekregen. Antwoord jij op alles wat ze vragen?'

Do lacht erom. 'Ben je gek, ik stuur een foto en voor de rest niks.
Dat doen we allemaal.'

'Alleen maar een foto?'

'Ja, wat dacht jij? Als het een opvallend leuke brief is, antwoord
ik met twee zinnen. Ik heb wel eens een week dat ik een stapel
brieven krijg. Als ik al die vragen zou beantwoorden, en meestal
zijn ze precies hetzelfde, zou ik er een hele ochtend voor nodig
hebben. Weet je waar die post goed voor is?' Ze wijst richting
kantoor van Johan. 'Of je goed ligt bij de kijker. Hoe populairder
je bent, hoe langer je in de soap blijft.'

Ik leer er iedere dag wat bij.

Dat je populariteit belangrijk is, dat die mede bepaalt hoe lang je
in de soap zit, dat is ook weer nieuw voor me.

Ik ben dus heel blij als ik na drie maanden te horen krijg dat de
Privé en de *Weekend* een interview hebben aangevraagd. Ik moet
op kantoor komen, waar Johan het me plechtig vertelt. 'Maar
liefst twee bladen tegelijk, Lauren, uitstekend voor de soap.
Omdat je dit nog nooit gedaan hebt, denk ik erover er even bij te
komen zitten, voor je het weet zeg je iets waar je later spijt van
hebt.'

'Ik heb zo weinig te vertellen, ik zou niet weten waar ik later spijt
van zou moeten krijgen.'

Ziezo, dat durf ik toch maar te zeggen.

Johan moet erom lachen. 'Juist omdat je nog niet zoveel te vertellen hebt, gaan zij zoeken. Ik geef je een voorbeeld: je hebt veel
scènes met Tammo. Dus ligt het voor de hand dat ze zullen vragen of je hem aardig vindt. Stel dat jij antwoordt dat je hem aardig vindt, dan gaan zij door. En van heel aardig is het een klein
stapje naar verliefd. Zo werk het.' Hij kijkt me lang aan en vraagt
dan plotseling: 'Ben je verliefd?'

Ik voel dat ik een kleur krijg en ik roep spontaan: 'Verliefd? Hoe
kom je erbij. Ik vind hem heel aardig, maar...'

'Zie je nou wel, je zegt heel aardig!' Hij slaat met z'n hand op zijn bureau. 'Je loopt er nu al in!'
Het is duidelijk, ik moet nog veel leren.

Dat merk ik ook als er figuratie komt.
De eerste keer dat ik ermee te maken krijg, is heel vroeg op een donderdag. Vroeg is echt vroeg, ik moet om zeven uur bij Daniëlle in de stoel zitten. Ik heb al een paar keer eerder zo vroeg in Aalsmeer moeten zijn en toen Do hoorde dat mijn moeder me dan met de auto brengt, stelde ze voor dat ik dan voortaan bij haar zou slapen. Dat was iedere keer supergezellig maar iedere keer lagen we tot diep in de nacht te kletsen, dus kwam ik steeds met een slaperig hoofd aanzetten.
Vanmorgen ook, vandaar dat ik extra verbaasd langs een groepje mensen loop dat voor de deur staat te wachten. Of ze mijn handtekening mogen! Om kwart voor zeven in de ochtend! Ik vraag of ze dat normaal vinden, op dit uur om een handtekening vragen, zegt een vrouw dat ze zijn gekomen om te figureren. Twee meisjes vertellen dat ze helemaal uit Tiel komen en al om vier uur van huis zijn gegaan. Zijn ze wel goed bij hun hoofd? Ik weet niet of het de bedoeling is, maar zeg dat ze maar met mij mee moeten komen. Breng ze naar de green room en denk: daar ben ik van af. Maar niks hoor, ze laten me niet gaan. Een oudere man wil kwijt dat hij al vele malen gefigureerd heeft – 'in drie films heb ik zelfs tekst gehad' – en een vrouw die er veel ouder uitziet dan mijn moeder klaagt dat ze het script niet heeft ontvangen. Met moeite lukt het me bij de trap te komen. 'Ik ben bijna te laat voor de schmink,' roep ik en weg ben ik.
Mijn eerste scène vandaag is in het ziekenhuis. Herma heeft in de soap een baby gekregen maar daar is iets goed mis mee, en omdat ik een vriendin van haar ben, ga ik haar opzoeken. De bloemen die ik straks op haar bed zal leggen, liggen al klaar in mijn kleedkamer. Ik zie nogal op tegen deze scène, omdat ik

voor het eerst te maken krijg met Yoeri van Arnhem, de oudste acteur in de soap, die Adriaan van Swol speelt, de directeur van het ziekenhuis. Ik heb hem een paar keer even ontmoet, maar nog nooit met hem gespeeld. Vond hem vanaf het begin af aan niet aardig. Hij groet nooit en zit altijd apart te eten. 'Een arrogante kwal,' zei Do en zelfs Daniëlle, die iedereen aardig vindt, mag hem niet. Wolter waarschuwde dat ik vooral 'meneer Van Arnhem' tegen hem moest zeggen en niet moest beginnen met Yoeri. Wolter kwam een keer te laat, daar kon hij niks aan doen, het was de eerste keer. Johan zei er niets van, maar toen hij op de set kwam, werd me die Yoeri toch kwaad! 'Op tijd komen is een vereiste in dit vak, alleen amateurs komen te laat!' had-ie gebruld. We lagen allemaal in een deuk toen Wolter dat vertelde.

Met die man heb ik dadelijk een scène. Dus vanwege figuranten te laat te komen is wel het laatste wat ik wil.

Op weg naar de set zitten ze allemaal op stoelen te wachten...

De twee meisjes uit Tiel zijn verpleegkundigen, de jongen uit Groningen duwt het bed waarop Herma ligt naar binnen, de oudere vrouw is de verpleegkundige die met de dokter binnenkomt en de rest... waarom die daar zitten is me niet duidelijk. Ik loop voorbij, doe net alsof ik mijn tekst nog eens doorneem, maar daar heeft die oudere man niks mee. 'Ik wou u nog wat vragen, ik ben om zeven uur besteld, weet u misschien hoe laat ik nodig ben? Ik figureer nu al twintig jaar, heb laatst nog een rolletje gedaan in de nieuwe serie van de AVRO, ik mag aannemen dat iemand mij kan vertellen waarom ik hier zo vroeg zit. Maar zoals gewoonlijk weet niemand dat. Zou u dat even kunnen informeren?' Do heeft me gewaarschuwd. 'Je moet gewoon doorlopen, als je antwoord geeft, laten ze je niet meer gaan.'

Maar ik vind het zielig, zoals ze daar in het donker op hun stoeltjes zitten te koekeloeren. Ik antwoord dat ik even zal informeren bij Sofie. Maar dan wil een van die meisjes uit Tiel met me op de foto. Het andere meisje wil ook en... ik hoor mijn naam noemen!

'Waar is Lauren, we zitten op haar te wachten!' Ik schrik me rot, ren naar de set, struikel over een kabel en gooi bijna een geluidsman omver – 'sorry Joop, ik zag je niet' – en sta hijgend voor Yoeri. 'Het schijnt een gewoonte te worden om te laat te komen,' brult hij, 'waarom wordt daar niet tegen opgetreden? Dit is toch geen manier van werken?'

Gelukkig hebben we deze week Pim, die is verreweg de aardigste van de drie regisseurs. 'Lauren is nog nooit te laat geweest, Yoeri,' sust hij. 'Je moet je niet zo opwinden, dat is niet goed voor je hart.'

Iedereen lacht een beetje en ik zeg dat het me spijt. Daar meen ik natuurlijk niks van, maar Yoeri kijkt zo verschrikkelijk kwaad naar me dat ik het liefst door de grond zou zakken. Bijna fluisterend zeg ik: 'Maar ik was wél om zeven uur bij de make-up,' en dat had ik beter niet kunnen doen. 'Daar heb ik niets, maar dan ook niets mee te maken. Al was je om vijf uur in het gebouw, je hoort op tijd op de set te zijn!' barst hij los. Hij zou me nog een uur hebben uitgescholden als Pim niet had ingegrepen. 'Zo is het mooi geweest jongens, de dag is nog lang, spaar je krachten Yoeri, de scène is lastig genoeg.' En dan met een knipoog naar mij: 'Laat dit de laatste keer zijn, meisje.'

Van de drie regisseurs is Pim mijn favoriet. Ik zou makkelijk verliefd op hem kunnen worden. Altijd in een goed humeur en je kunt alles tegen hem zeggen. Hij luistert altijd naar je. Als hij het niet met je eens is, legt hij uit waarom hij het anders ziet of hij denkt even na en zegt dan: 'Je hebt gelijk, doe het maar zoals jij dacht.' Hij is de regisseur maar hij doet nooit belangrijk. Lacht de hele dag en ook als we achter op het schema liggen, blijft hij kalm. Jochem is ook aardig, maar afstandelijker. Pim maakt vaak een praatje, is tijdens de lunch al een paar keer naast me komen zitten en vraagt dan geïnteresseerd hoe ik het vind. Of ik me al thuis voel en of er dingen in mijn rol zijn waar ik moeite mee heb. Jochem en Harald doen dat nooit. Ik heb niks op hen aan te merken maar ik blijf een beetje bang voor hen. Hans Willemse, de vierde regisseur, vind ik een eikel. Volgens mij interesseert de soap hem niet, hij schept altijd op over belangrijke producties die hij gedaan heeft met bekende acteurs en doet alsof hij heel wat is. Maar als ik hem wat vraag, geeft hij nooit een antwoord waar ik wat aan heb. Het komt er altijd op neer dat hij een hoop kletst, maar meestal denk ik toch: je weet niet eens waar de scène over gaat. Als ik in Pim z'n script kijk, staan er overal aanteke- ningen, hij leest ook alle afleveringen die hij niet regisseert. Hans heeft volgens mij geen idee. 'Deze scène moet veel intiemer, je moet laten zien dat Sandra verliefd begint te worden op Bob,' zei hij laatst tegen me, terwijl ik vorige week een scène met Tatiana had waarin ik tegen haar zei: 'Je moet goed weten dat ik niks, maar dan ook helemaal niks voel voor je broer!' Toen ik dat zei, keek hij me aan alsof ik de domste griet op aarde was, maar een antwoord had hij niet. 'Toch proberen een aarzeling in je spel mee te nemen,' probeerde hij zich eruit te redden.

Pim maakt me zeker van mezelf, bij Harald hou ik wel eens twij- fels maar bij Hans weet ik het nooit.

Marjo, die altijd alles weet en gek is op roddelen, wist te melden dat er binnenkort een vervanger komt voor Hans. Ik mag het hopen.

21

'En, Lauren, hoe vind je het in de soap?'
Mijn eerste interview en dan meteen zo'n stomme vraag!
Tegenover me zit een meisje dat niet veel ouder is dan ik. Heftig
opgemaakt, wonderlijke soepjurk aan. Voor haar op tafel ligt een
blocnote, we zitten in het café waar ik – het lijkt al eeuwen geleden – de eerste keer met mijn moeder zat. Eerst zouden we in de
green room met elkaar praten, maar Johan vond dat het er te on-
rustig was. Hij is kennelijk vergeten dat hij bij het interview wilde
zijn. Des te beter. Bij iedere vraag probeer ik goed na te denken
of ik iets onverstandigs zeg, maar tot nu toe gaat het over koetjes
en kalfjes. Zij vraagt over mijn eindexamen, of ik broers en zus-
jes heb, hoe mijn vriendinnen reageren op de soap en of ik al
leuke verhalen heb over hoe het is bekend te zijn. 'Kun je nog wel
gewoon over straat lopen?' Ik vertel over de buschauffeur die me
nu iedere ochtend groet met 'goedemorgen, Sandra', omdat hij
me natuurlijk alleen als Sandra kent. Even later laat ik los dat ik
dat wel moeilijk vind, dat mensen op straat en in de trein me aanspreken met Sandra, en dan begint Barbara – zo heeft ze zich
voorgesteld, geen achternaam, alleen 'hallo, ik ben Barbara' – als
een gek te schrijven. 'Bedoel je dat je moeite hebt met je identiteit,
dat je soms zelf niet meer weet of je Lauren of Sandra bent?' wil
ze weten. Ik wil het daar helemaal niet over hebben, maar zij gaat
erop door. 'Ik heb begrepen dat je in de soap verliefd wordt op
Bob. Vind je Tammo van Leer, die Bob speelt in het gewone leven,
zal ik nu maar even zeggen, aardig en niet meer dan dat, of kun

je verliefdheid beter spelen als je in werkelijkheid ook verliefd bent?' Bijna was ik erin getrapt, maar dan verpest ze het voor zichzelf door er met een vals lachje aan toe te voegen: 'Ik vraag het maar hoor, ik gebruik dat natuurlijk niet voor mijn verhaal.'

Ik neem een slok van mijn cola en vraag waarom ze dat wil weten als ze mijn antwoord toch niet gebruikt. 'Ach weet je, het blad waar ik voor werk houdt nogal van verhalen over wat er zich achter de schermen afspeelt' – weer dat lachje – 'maar uiteraard gebruik ik nooit iets wat mensen niet in het blad willen hebben.'

En zij denkt dat ik daar instink... Zij weet natuurlijk niet dat ze precies doet waar Johan me voor gewaarschuwd heeft.

'Het interessante van acteren is dat wat je voor de camera speelt niets te maken heeft met wat je buiten de camera voor iemand voelt. Dus ook al zou ik de pest hebben aan Tammo, dan moet ik toch spelen dat ik verliefd op hem ben.'

'Maar je hebt niet de pest aan hem?'

'Nee hoor, ik vind hem heel aardig.'

Stom, stom, stom!

Ik ben er toch in gelopen!

Ik dacht nog wel dat ik heel slim was!

'Maar ik heb aan niemand de pest, vind iedereen aardig, van het begin af aan ben ik door iedereen geholpen, en zelfs met Yoeri van Arnhem kan ik nu goed opschieten.' Had ik ook niet moeten zeggen! Zie je wel, daar komt het.

'Zelfs?'

'Hoe bedoel je?'

'Je zei dat je nu zelfs met Yoeri van Arnhem goed kunt opschieten. Was dat in het begin dan niet zo?'

Hoe red ik me hieruit?

'Ik bedoel dat Yoeri tot de oudere acteurs hoort. Ik ben er het laatst bij gekomen, dan moet je aan alles wennen, ik kwam zo van school, had alleen Pinokkio gedaan...'

'Pinokkio?'

'Dat is een toneelclub voor jongeren, mijn moeder had me daarvoor opgegeven...'

'Je moeder? Had je dat niet zelf gedaan?'

Het wordt erger en erger.

'Ik zat al op jazzballet, mijn vader vond ook nog es naar een toneelclub wat veel worden, ik moest ook nog eindexamen doen, dus...'

'Maar toen kwam ook nog de soap, en dat vond je vader, kan ik me voorstellen, wel heel erg veel worden?'

Nou moet ik toch echt gaan liegen.

'Ik heb een schat van een vader, hoor. Hij was hartstikke trots toen hij hoorde dat ik was aangenomen.'

Barbara houdt op met schrijven, vraagt of ik nog iets wil drinken en zegt dan achteloos: 'Ik begrijp het niet helemaal, maar dat zal ongetwijfeld aan mij liggen. Je vader vond Pinokkio wat veel worden maar had er geen bezwaar tegen dat je een screentest deed?'

'Hij was bang dat ik mijn eindexamen niet zou halen. Toen ik hem beloofd had dat ik hard zou werken en omdat ik er heel goed voor stond...'

'Had hij geen bezwaren meer?'

'Nee, toen heeft hij zich erbij neergelegd.'

'En je moeder?'

Nou niet te enthousiast over mijn moeder doen.

'Mijn moeder deelde de bezwaren van mijn vader, maar mijn moeder is een heel enthousiast type, ze vond het algauw enig, leefde enorm met me mee en zo.'

'Heeft zij je ook voor die screentest opgegeven?'

'Hoe kom je daarbij?'

'Nou, ze had je toch ook voor die toneelclub opgegeven?'

Ik doe dit nooit meer!

'Opgegeven... Als ik dat gezegd heb, bedoel ik het anders. Ze kwam op een keer thuis en vroeg: "Is dat niks voor jou?" En toen ben ik er eens gaan kijken.'

'En je vond het direct leuk?'

'Natuurlijk, anders had ik me nooit opgegeven voor de screen-test.'

'Vertel nog eens wat meer over jezelf. Je speelt de rol van een sexy meisje, je bent pas zeventien geloof ik, heb je veel vriendjes gehad?'

Ik let nu beter op.

Vertel niets wat een ander niet mag weten.

Maar ik ben er niet gerust op.

Plotseling staat er een fotograaf naast ons tafeltje.

Die stelt voor om naar buiten te gaan.

Alle kippen kijken natuurlijk.

Als ik heel eerlijk ben, vind ik dat onwijs stoer. Gefotografeerd worden tegen de zijmuur van het café terwijl je van alle kanten bekeken wordt. 'Dat is Sandra,' hoor ik een vrouw zeggen en waarom zou ik niet kunnen uitleggen, maar het raakt me weer dat geen mens mijn eigen naam schijnt te weten.

22

Met Karin is het niet meer zoals vroeger.

Tot ons eindexamen waren we altijd bij elkaar. Haar moeder zei een keer: 'Als Lauren naar de wc gaat, moet jij ook.' Tikkeltje overdreven natuurlijk, maar het was wel zo dat als een van ons op de wc zat de ander voor de deur stond door te kletsen. Karin ging verpleegkunde studeren; het was onvermijdelijk, als we elkaar niet meer iedere dag zagen, dat we niet meer die band van vroeger zouden hebben. Maar ik... ik merk dat ik makkelijker zonder haar kan dan zij zonder mij. Doet dat me verdriet? Weet ik niet eens. Karin wel, dat kan ik aan haar zien. Zij is nog de Karin van altijd, ik ben niet meer de Lauren van vroeger. Ik leef in een andere wereld, waarin ik Sandra ben. Ik kan niet meer alleen Lauren zijn, de Lauren van school. Ik wéét het. Als ik in de trein naar huis zit, probeer ik alleen aan thuis te denken, verheug ik me erop Karin te zien, maar als we elkaar dan zien is het net alsof Sandra tussen ons in staat. Karin doet vreselijk haar best, zodra ze me ziet vraagt ze me het hemd van het lijf, ze leeft intens mee en onthoudt alles wat ik vertel. Het verschil met vroeger is dat we toen hetzelfde leventje hadden; we kenden dezelfde mensen, begrepen precies waarom de ander moest lachen, deden geen stap zonder dat de ander het wist. Nu zien we elkaar veel minder en leven we allebei in een andere wereld. Laatst vroeg Karin of ze een keer mee kon naar Aalsmeer en ik wilde dat niet. Ik verzon smoezen en ze zei dat ze het begreep. Maar ik wist dat ze het niet begreep en zij wist dat ik smoezen verzon. Ik zag dat ze verdrietig was. Wat ik op dat moment heel goed besefte, was dat ik de soap voor mezelf wilde houden. Ik wist ook dat als ik Karin had gevraagd: 'Kun jij niet es organiseren dat ik de mensen waar jij op je opleiding mee omgaat een keer te zien krijg, na afloop in een café of zo,' Karin onmiddellijk had geantwoord dat ze dat zou doen.

Dat is het verschil.

Ik zie er ook tegen op haar te vertellen dat ik in Amsterdam ga wonen.

Daar heb ik lang over lopen piekeren. In het begin vond ik de trein en de bus prima. Ik gebruikte de tijd vast om te schakelen naar huis, om in mijn hoofd thuis te komen.

Mijn moeder zei op een keer: 'Je vertelt steeds minder, vind je de soap niet meer leuk of vind je het hier thuis niet meer leuk?'

'Ik vind de soap steeds leuker.'

Het was eruit voor ik het wist.

'Dat is dan duidelijk,' zei mijn moeder.

Vanaf dat moment heb ik een andere moeder.

Ik weet nog precies wanneer ik voor het eerst dacht dat ik uit huis wilde.

Ik sta in de huiskamer van de soap.

Ineens vergelijk ik deze kamer met onze kamer thuis. En ik voel dat ik me in deze kamer thuis voel en in de kamer thuis niet meer. Ik schrik van die gedachte en vraag me af of ik dan zo hevig Sandra ben geworden. De kamer in de soap is modern, strak, luxueus, duur. Thuis is het een rommeltje. 'Een gezellige keet,' noemt mijn moeder het en ik heb het er ook altijd gezellig gevonden. Bij Karin ziet het er ongeveer hetzelfde uit, eigenlijk keek ik nooit naar hoe het er bij anderen uitzag. Overal waar ik kwam, was het ongeveer ingericht als bij ons. Het woord 'interieur' heb ik bij mijn weten nooit gehoord. Mijn eigen kamertje was ook een rotzooitje. Oude spullen die mijn vader had geverfd.

Het was mijn kamertje en ik was er tevreden mee. In de soap heb ik ook een eigen kamer. Maar dit is een heel grote, met een bank en fauteuils. Ook zo'n woord dat ik nooit eerder had gehoord. Als ik tegen Karin zou zeggen dat ik een kamer heb met fauteuils zou ze vragen of je dat kunt eten. Of zoiets. Mijn kamer in de soap heeft een dik vloerkleed, er hangen schilderijtjes, lampen en naast de bank staat een moderne schemerlamp. Op mijn bed liggen felgekleurde kussens, je ziet amper dat het een bed is. Een halfjaar geleden had ik er niet over gedroomd zelf zo'n kamer te hebben. Nu wel.

Ik liet mijn moeder en Karin het artikel zien dat die Barbara geschreven had. Sjors kwam ermee aanzetten. 'Lauren, een groot artikel over jou in de Privé met foto's, nou, je kunt tevreden zijn, je staat er schitterend op.' Ik dacht: als ik er maar mee thuis kan komen. Gelukkig stond er niks ergs in over mijn ouders. Natuurlijk wel dat mijn moeder me had opgegeven en dat mijn vader niet enthousiast was, maar het had veel erger kunnen zijn. Eigenlijk was ik nogal teleurgesteld over wat er wél in stond. Tegen Do zei ik dat ik het een onbenullig verhaal vond: 'Je praat twee uur met zo'n mens, probeert wat verstandigs te vertellen over je rol, maar daar staat geen woord over in.' Do moest erom lachen. 'Wat had je dan verwacht, wees blij dat er niets in staat wat je helemaal niet gezegd hebt, want dan kan ook.' En toen de een na de ander enthousiast deed en Sjors mijn foto op de voorkant van het blad aan de muur naast Johans kantoor tussen de andere ophing, vond ik dat geweldig stoer. Ik was benieuwd hoe Tammo zou reageren. Met vette letters stond eronder 'niet verliefd' – en eerlijk is eerlijk, het stond er net zoals ik het gezegd had – 'dat het interessante van acteren is dat wat je voor de camera speelt niets te maken heeft met wat je buiten de camera voor iemand voelt.' Toen ik het overlas, vond ik dat behoorlijk eigenwijs van mezelf, maar Johan vond juist die zin erg goed. Tammo deed alsof hij beledigd was. 'Zo Lauren, jij bent dus niet verliefd op mij, dat is nou jammer want ik ben het wel op jou.' Wel natuurlijk snel doen alsof hij een grapje maakte. Ik begin hem steeds aardiger te vinden.

Mijn moeder en Karin hadden het hele artikel uit hun hoofd geleerd. Zo leek het tenminste. 'Je had helemaal niet hoeven te vertellen dat ik je heb opgegeven,' riep mijn moeder, maar ik zag dat ze het prachtig vond. Karin wilde weten hoe ze aan de foto van haar en mij op de fiets waren gekomen, jaren geleden genomen, samen op weg naar school. Tineke belde dat ze het zo aardig vond dat ik Pinokkio had genoemd, en zelfs Albert belde om te zeggen dat hij nu overal 'de broer van' was en of hij en een paar vrienden een dag konden figureren. 'Als het goed betaalt uiteraard.'

Tegen de avond lagen er vier Privés op tafel.

Maar toen mijn vader thuiskwam deed hij net alsof hij ze niet zag. Vlak voor ik naar bed ging, bleek dat hij mijn artikel toch gelezen had. 'Iemand kwam er op kantoor mee aanzetten,' zei hij toen ik vroeg wanneer hij het dan wel gelezen had. 'Eens zul je begrijpen waarom ik niet zo enthousiast was en ben als je moeder.'

Ik wachtte op meer maar daar bleef het bij.

In bed zag ik nog lang het gezicht van Karin voor me. Ze was net zo enthousiast als altijd. 'Bolk, ik heb het voorspeld. Vanaf het begin heb ik gezegd dat je beroemd zou worden.' Maar ze keek anders dan vroeger. Net alsof ze het niet tegen mij had.

Ik kijk om me heen en denk aan mijn kamer in de soap. Opeens benauwt mijn eigen kamer me. Al die ouwe troep, ik heb er niks meer mee.

23

De volgende morgen komt mijn moeder bij me op bed zitten. Dat doet ze alleen als er iets aan de hand is.

'Ik wil terugkomen op wat je laatst zei, dat je de soap steeds leuker gaat vinden.'

Ik zeg niks.

'Ik ben niet gek, Lauren, ik zie hoe je verandert. Je komt wel braaf thuis maar je bent er niet. Je bent in je hoofd ergens anders. Vroeger rende je na school het eerst op Chrisje af, nu zie je hem amper staan. Als ik je niets vraag, zeg je niets. Je vraagt nooit meer hoe het met mij gaat en als ik jou vraag te vertellen over de soap moet ik het eruit trekken. Ik zeg niet dat je je vervelend gedraagt, eigenlijk kan ik niet uitleggen wat ik denk en voel. Je bent mijn eigen dochter, maar soms heb ik het idee dat je een vreemde bent.'

Ze zwijgt.

Ik ga overeind zitten.

Ze zit vlak bij me, als ik mijn hand zou uitsteken... maar ik doe het niet.

'Als je was gaan studeren... dan had je op kamers willen wonen. Zoals Albert. Je vader had dat direct goed gevonden. Omdat ik er verantwoordelijk voor schijn te zijn dat jij in de soap terecht bent gekomen, zal ik dan nu maar de beslissing nemen...' Ze draait zich naar me toe, kijkt me recht aan en zegt: 'Het lijkt me verstandiger dat je het huis uit gaat. Je wordt binnenkort achttien, de leeftijd waarop kinderen het nest verlaten.'

Met een ruk draait ze zich om, staat op en verlaat mijn kamer.
Huilt ze?
Ik laat me achterovervallen.
En weer wéét ik wat ik moet doen en doe ik het niet.
Ga naar beneden, sla je armen om haar heen, geef haar een zoen;
op deze manier moet je het huis niet uit, zegt een stemmetje in
mijn hoofd.
Ik haat mezelf.

Mijn vader vindt het bespottelijk.
Ik hoor hem in de keuken tekeergaan. 'Laten we nou maar eerst
afwachten waar dit avontuur eindigt, ik hou het voorlopig op een
bevlieging van haar. Ik weet zeker dat jij Lauren op het idee hebt
gebracht aan dat geklungel mee te doen. Jij vindt het geweldig
dat ze in bladen staat waar een normaal mens liefst niet in wil
staan. En nou zet je haar ook nog eens aan op kamers te gaan
wonen.' Meestal doen ze deur dicht als ze ruzie hebben, maar
dat zijn ze dit keer vergeten.
'Ik heb niks aangezet. Als ze was gaan studeren, had jij er geen
enkel bezwaar tegen gehad. Je wilde niets liever.'
Zo gaan ze nog een tijdje door.
Ik vind het verschrikkelijk en eigenlijk heb ik medelijden met ze.
Eerst met mezelf maar algauw met hen. Mijn ouders die om mij
staan te ruziën.
Mijn moeder komt uit de keuken en gedraagt zich zoals ze nu
eenmaal is. Slaat direct aan het organiseren.
'Ben je volgende week een dag vrij?' vraagt ze.
'Ik zoek het op. Donderdag.'
'Dan gaan we donderdag een kamer voor je zoeken.' Ik hoef niks
te doen, zij koopt kranten, belt kennissen of die iets weten, doet
alsof ze niets liever wil dan dat ik het huis uit ga. De hele donderdag sjokken en trammen we door Amsterdam, tot we eindelijk
in de Govert Flinckstraat een kamer met keukentje, douche en

slaapkamer vinden dat ik kan betalen. 'Kind, ik ben jaloers op je, kijk nou es wat een ruimte. Alleen in dat slaapkamertje kun je je kont niet keren, maar dat hoeft ook niet, je bed kan erin en...'

'Ik heb maar een klein kontje,' maak ik haar zin af.

Ineens begint ze te huilen.

Nu kan ik het wel.

Ik vlieg op haar af, sla mijn armen om haar heen, voel me een stuk ouder. Net alsof ik moeder ben en zij mijn kind. 'Als je het echt zo erg vindt, doe ik het toch niet. Ik hoef niet weg, ik kan best met de trein en de bus, eigenlijk vind ik dat wel lekker, kan ik m'n tekst leren...'

'Daar gaat het niet om, Lauren, iedere moeder weet dat een kind een keer de deur uit gaat, het is alleen de manier waarop. Net alsof je om ons weg moet.'

Ze veegt haar tranen weg en kijkt uit het raam. Ik zou een heleboel willen vragen, eindelijk een gesprek met haar willen over al die dingen waar we het nooit over gehad hebben, maar het moment is voorbij. Mijn moeder maakt haar tas open, pakt haar lippenstift en zegt: 'Sorry, ik liet me even gaan. Dat was niet de bedoeling. Jij gaat het hier fantastisch krijgen. Ik zal mijn best doen je niet al te vaak te bezoeken.'

'Mama, al kom je iedere dag...'

'Daar meen je geen woord van.' Maar ze lacht weer.

In het café op de hoek van de straat gaan we wat drinken.

Mijn moeder bestelt twee glazen wijn. 'Je bent nou een zelfstandig wonend actrice,' zegt ze lachend.

Wat is ze jong, denk ik.

24

Do bood spontaan aan me te helpen met het inrichten van mijn kamer. 'Ik hoor wel wanneer je me nodig hebt.'

Mijn moeder gedraagt zich keurig. 'Ik zal je niet lastigvallen tot het klaar is,' zegt ze en daar heb ik, eerlijk gezegd, niet op gerekend. Ik voel me, hoe zal ik het zeggen, ineens kaal, alsof ik mijn moeder kwijt ben. Als ze gezegd had: 'Gaan we leuk samen doen,' had ik dat vervelend gevonden; nu ze niks doet, is het ook niet goed.

Karin reageert lauw. 'Dat zat er dik in, dat je in Amsterdam wilde wonen,' is eigenlijk alles wat ze zegt. Ze wekt niet de indruk dat ze hoopt dat ik haar zal vragen me te helpen.

'Zodra ik de boel op orde heb, kom je een weekend bij me logeren,' roep ik enthousiast, maar ze reageert er niet op zoals ik haar ken. Zoals ze altijd geweest is. 'De komende weken moet ik veel examens doen,' zegt ze alleen maar.

Mijn moeder vindt het normaal dat Karin en ik uit elkaar groeien. 'Zo hecht als jullie met elkaar waren, dat kan niet blijven. Jullie leiden nu ieder een ander leven. Over een paar jaar komt dat weer goed, let op mijn woorden.'

Do lijkt op Karin.

Net zo vrolijk.

In voor alles, het kan haar niet dwaas genoeg. Het verschil is dat ik met Do anders praat dan ik ooit met Karin heb gedaan. We gaan geregeld samen naar het café achter de studio en dan kletsen we niet alleen over de soap maar ook over onze situatie thuis.

Over verliefdheden en wat we voor plannen hebben. Althans, daar vertelt Do over, ik denk alleen maar aan de soap. Do heeft al een auditie voor een musical gedaan, heeft zangles, wil verder komen. 'Ik hoop dat mijn bekendheid me helpt, dat ik gevraagd word te auditeren,' vertelt ze.

Ik heb het meer over de tijd die achter me ligt. Het lijkt wel of ik, door mijn leventje in de soap, door me vele uren per week bezig te houden met mijn rol van Sandra, de behoefte heb over mezelf te praten. Dat ken ik niet van mezelf, ik ben het niet gewend. Met Karin had ik het nooit over mezelf of thuis. Als ik erop terugkijk, vind ik dat gek. 'Ik heb weer eens ruzie met mijn moeder,' zei Karin en dan zei ik 'rot voor je' of zoiets en dat was het dan. Ik geloof niet dat ik het ooit met haar over mijn vader heb gehad. We wisten gewoon alles van elkaar. Waarover we het wel hadden? Toch raar dat ik daarover moet nadenken. We kletsten uren met elkaar: over school, leraren... dingen die gebeurd waren, muziek die we gehoord hadden, wat we zaterdag zouden gaan doen... Maar niet over de dingen waar ik met Do over praat. Karin heeft een oudere zus, en als ze het over haar heeft, zegt ze 'dat kreng'. Karin heeft verschrikkelijk de pest aan haar. Daar hadden we het nooit over! In alle jaren dat ik Karin ken, zijn we nooit verder gekomen dan 'die rotgriet' of 'op een dag vermoord ik haar'. Meer was niet nodig. Ik vond die zus ook een rotmeid, noemde haar nooit Bea, altijd 'je zus'.

Karin was veiligheid, was een verlengstuk van thuis. Was heel veel lachen. Was... ik weet niet of er méér was dan dat. Heb me dat nooit afgevraagd. In de trein zit ik er de laatste tijd vaak over te denken hoe het komt dat ik anders ben geworden. Dat heeft te maken met het acteren, dat weet ik zeker. Tineke zei wel eens dat toneelspelen 'in de huid van een ander kruipen' betekent. Dat vond ik aanstellerig, overdreven. Nu weet ik wat ze bedoelt. Sandra doet en zegt andere dingen dan ik zou doen. Maar ze heeft ook veel van mij. Ik probeer die twee bij elkaar te brengen. Ik stop dus wat van mezelf in Sandra en dingen van Sandra probeer ik zo te begrijpen dat Sandra een beetje ik word. Sandra is veel brutaler dan ik ben, veel uitdagender ook. Ik moet dat spélen, maar het gekke is dat ik ontdek dat ik veel brutaler ben dan ik dacht. Dat ik, als ik als Lauren met Tammo ben, zonder veel moeite een kwartier later een uitdagende Sandra met Bob kan spelen. Dat die brutaliteit en het gemak om uitdagend te zijn dus in me zitten.

Met Do heb ik het er dan over hoe dat kan.

'Misschien heb je het tot nu toe onderdrukt,' zegt zij en daar moeten we dan heel erg om lachen. Daarna praten we er uren over door. Do heeft al drie jaar een vriend gehad, het ging uit toen ze in de soap kwam. Sinds een maand is ze verliefd op een jongen van de crew, ze wil niet zeggen wie dat is. 'Dat moet je zelf maar uitvinden.' Ik heb Do in een halfjaar meer over mezelf verteld dan ooit aan Karin. En ik weet alles van haar, behalve dan op wie ze verliefd is. Laatst huilde ze toen ze vertelde over haar broertje dat verlamd is en in een rolstoel zit. 'Ik praat er nooit over,' zei ze, 'ik begrijp niet wat er met me aan de hand is.'

Do kijkt heel nuchter tegen het hele soapgebeuren aan. 'Ik vind het fantastisch en ik verdien er lekker mee, maar vanaf het moment dat ik erin kwam, heb ik er rekening mee gehouden dat het op een dag zou ophouden. Daarom gebruik ik mijn tijd om goed rond te kijken en me verder te ontwikkelen.' Dat maakte indruk op me, want ik kijk helemaal niet verder en of ik me nou zo ontwikkel... dat kan ik niet beweren.

Toen ik aan de soap begon, wist ik niet waar ik aan begon. Ik wist niks. Helemaal niks.

Dat het mijn leven zou veranderen... geen seconde aan gedacht. Dat het niet alleen om de rol van Sandra zou gaan maar veel méér nog om het leven eromheen... is niet in m'n hoofd opgekomen. Ik zal niet beweren dat ik de verandering in mij iedere dag voel, maar dát ik verander is zeker.

Mijn leven is de soap geworden...

Vanaf het moment dat ik opsta tot het moment dat ik naar bed ga.

Een leven na de soap?

Denk ik nooit aan.

Er is maar één leven.

In *Het blauwe huis*.

Karin hoort bij vroeger. Bij school en thuis.

Bij Karin voel ik me altijd de oudste. Do is veel meer een oudere zus.

Misschien voelt mijn moeder dat. 'Je hebt het wel erg veel over die Do,' zei ze laatst. Zou ze jaloers zijn?

Er is een belangrijk verschil tussen Do en mij. Een heel belangrijk verschil. Do heeft de toneelschool gedaan en ik heb als enige ervaring Pinokkio. Zij mag zich met recht actrice noemen en ik moet me vooral niet verbeelden dat ik dat nu ook ben.

25

Vandaag is het zover: Do komt me helpen met inrichten.

Acht maanden heb ik gespaard.

Mijn vader wilde eerst dat ik een deel van wat ik verdien zou afdragen. Zo noemde hij dat, 'afdragen'. Mijn moeder vroeg of hij gek was geworden. 'Wij zijn toch niet arm, laat dat kind toch genieten van d'r centen,' gilde ze woedend. Hij probeerde uit te leggen dat hij iets anders bedoelde, maar hij kwam er niet doorheen. Woedend de deur uit en weer een blokje om. Toen hij thuiskwam, legde hij haar uit dat hij met 'afdragen' bedoelde dat hij het voor mij op de bank zou zetten. Mijn moeder geloofde hem niet, ik wel. Al was het maar omdat ik niet wil geloven dat ik een vader heb die zijn dochter laat meebetalen in het huishouden. Stel je voor.

Af en toe neem ik bloemen of iets lekkers mee naar huis. Als ik met 'collega's' naar het café ga, let ik niet op geld, maar voor de rest is het sparen.

'Hoeveel heb je te besteden?' vraagt Do en als ik haar mijn bankpapieren laat zien, roept ze: 'Daar kun je een paleis mee inrichten.' We gaan de stad in en een paar uur later zijn we klaar. Do beslist en ik vind het goed. Daar komt het op neer.

Ik wil dezelfde dingen als ik in mijn soapkamer heb, dat heeft Do eerder in de gaten dan ikzelf. 'Je gaat het niet zo gelikt inrichten als je kamer op de set, dat is zo'n gladde fantasieloze kamer als je in alle modebladen ziet. We gaan spullen aanschaffen waar jij je lekker bij voelt.' Ik vind het best.

We komen bij de bedden en ik sta raar te kijken als Do voorstelt een tweepersoonsbed te kopen. Voel dat ik een kleur krijg en als Do ziet dat ik daar niet goed raad mee weet, zeg ik gauw dat mijn kamer veel te klein is voor zo'n groot bed. 'Mijn moeder riep nog dat ik in dat kamertje m'n kont niet kon keren,' zeg ik, ineens verlegen.

Do laat zich op het bed vallen en lacht. 'Je zult me dankbaar zijn, Lauren, geloof mij nou maar. Als ik zie hoe je soms naar Tammo kijkt...'

Ik natuurlijk hevig ontkennen en beweren dat het me al moeite genoeg kost om te spelen dat ik verliefd op hem ben, maar Do houdt vol dat hij heel gauw in dit bed zal komen te liggen.

In de Bijenkorf kopen we een veel te dure lamp, maar dat kon volgens Do omdat de stoelen en tafel bij Ikea bijna voor niks waren. Ze is eens in een winkeltje geweest waar je heel aparte kussens kon krijgen, uit India, alleen weet ze niet precies waar dat winkeltje ook weer is. Dus wij in haar auto van het ene eind van Amsterdam naar het andere, tot we in een straatje komen waar je maar van één kant in mag en voor een agent moeten stoppen. 'Nu maar hopen dat onze vriend naar de soap kijkt,' zegt Do en draait haar raam open.

'Ik doe iets verkeerds, geloof ik, 'zegt ze stralend.

'Wat u zegt.'

Do geeft me een stoot.

'Mijn vriendin komt niet uit Amsterdam, ze is niet gewend aan de stad, ze gaat op kamers wonen. U kent haar vast wel, ze speelt met mij in Het blauwe huis, op de televisie. Kijkt u maar es goed, ja echt hoor, we zijn het. Ik help haar met de verhuizing, we zijn al de hele dag bezig. Ik zei net nog dat we deze straat maar van één kant in mochten, gelukkig staat u er om ons te helpen.'

De agent buigt zich voorover en zegt: 'Zo zo, van de televisie, ik dacht al, wat een brutaaltje.' Dan kijkt hij naar mij en lacht. 'En jij bent dat meisje dat in Amsterdam wil komen wonen. Van de televisie, ja ja. Nou, ik kijk nooit, mijn vrouw iedere avond, ik heb wat te vertellen als ik thuiskom.' Ik verbeeld me al dat we er mooi van afkomen, maar dan verzucht hij: 'Tja, da's allemaal mooi, maar jullie zijn wel in overtreding, dames.'

Do gaat er es goed voor zitten. 'Natuurlijk zijn we in overtreding, dat zeiden we ook tegen elkaar. Maar u moet weten dat we al heel vroeg begonnen zijn, helemaal naar Ikea en dan weer dwars door de stad terug, en dan straks weer voor de camera...'

'Moeten jullie vandaag ook nog werken?'

'Ja, wat denkt u? We hebben een paar uurtjes vrij om haar kamer in te richten, daarom zagen wij te laat dat we deze straat niet in mochten. Ik zei net tegen Lauren dat we verkeerd waren. Wat een geluk dat u er toevallig staat, om ons te wijzen hoe we hier weer uit komen. Zou u ons even willen helpen?' Ze kijkt hem aan met haar meest verleidelijke blik.

De agent weet duidelijk niet wat hij moet doen.

Do weet dat wel. 'Wacht even,' zegt ze lachend, 'ik heb iets voor uw vrouw.'

Ze pakt haar tas en haalt er een foto uit. Tegen mij fluistert ze: 'Heb jij een foto van jezelf?' Die heb ik natuurlijk niet. 'Kijkt u eens, een foto voor uw vrouw. Compleet met handtekening. Gratis voor niks. Dan kunt u vertellen dat u twee actrices geholpen hebt het rechte pad te vinden.'

Ik weet niet wat ik meemaak!

'Voor deze ene keer dan. Als u in de soap net zo goed kletst als nu, moet ik toch ook maar es kijken.' En tegen mij zegt-ie: 'Sterkte met de verhuizing.'

Do legt een hand op mijn knie en zegt: 'Voortaan altijd een stapeltje foto's van jezelf bij je hebben, Lauren.'

Al vroeg ben ik in de Govert Flinckstraat om vooral op tijd te zijn als Albert komt. Hij heeft aangeboden mee naar Ikea te gaan, de wonderen zijn de wereld nog niet uit. Albert die zomaar vraagt of hij iets voor me kan doen. Zegt-ie er ook nog eerlijk bij dat hij met twee vrienden komt en dat ik ervoor moet zorgen dat die Joyce er ook is. 'Joyce?' zeg ik. 'Ik ken geen Joyce.' Dan bedenk ik dat hij de cast alleen maar bij de naam van hun rol kent. 'Je bedoelt Do, die me helpt inrichten, die is er waarschijnlijk ook. Maar je stelt je niet aan. Als jullie studentikoos lollig gaan doen, kun je wegblijven.' Ik vertel hem niet dat Do moet werken en pas om twaalf uur komt. Wat doe ik al die tijd? Ik ga zitten op een van de twee stoeltjes die we voor de halve prijs in een antiekwinkel gekocht hebben. Dat heeft Mieke van de afdeling decor voor me geregeld. 'Zeg maar dat je van mij komt, ik haal daar veel weg voor de soap, die man heet Henk en is vreselijk aardig.' Ik kon me niet voorstellen dat het wat zou opleveren, maar toen Do en ik binnenstapten riep hij direct: 'Actrices bekend van tv! Wie van jullie is Lauren?' Bleek dat Mieke hem gebeld had!

Ik zag twee leuke stoelen die veel te duur waren, maar Do duwde me opzij en sloeg aan het onderhandelen. Resultaat was dat we ze voor de helft van de prijs kregen en dat ik ook nog een spiegel cadeau kreeg waarvan de lijst iets beschadigd was. 'Ik heb niet iedere dag bekende Nederlanders in mijn zaak,' zei Henk. Waarop Do riep dat hij een schat was.

'Schat,' een woord dat ik nu dagelijks hoor en dat ik voor de soap nooit hoorde.

'Schat' en 'ik hou van je'. Ik ben nu in een wereld waarin iedereen een schat is en waarin je elkaar niet aardig vindt maar van elkaar houdt. Tot mijn verbazing wende dat snel; als Daniëlle me schminkt zeg ik ook: 'Ach schat, doe nog even wat aan m'n haar,' en als ik het over iemand in de cast of de crew heb, roep ik even overtuigd als de anderen: 'Gert is een schat, ik hou van hem.' In het begin deed ik het om erbij te horen, hoorde ik mezelf populair meedoen, na een paar maanden kwam het mijn mond uit alsof ik nooit anders had gedaan. Maar ik weet nog als de dag van gisteren dat ik per ongeluk schat tegen Karin zei. Ze zei niks terug maar haar ogen spraken boekdelen.

Ik wil op een van de stoelen gaan zitten, maar er wordt op de deur geklopt.

Ik doe open en kijk in het gezicht van een mij onbekende mevrouw.

'Dag, ik woon hier beneden, ik kom me even voorstellen.' Ze noemt haar naam, Wil van Os. Ik noem de mijne. 'Je werkt bij de televisie hè, ik herken je van een foto in de *Story*, of was het de *Privé*, in ieder geval heb je een bekend gezicht. Niet dat ik je herken van de soap, want ik kijk nooit soap, als je het niet erg vindt...'

Ik knik dat ik het niet erg vind. Een en al begrip, ik ben er inmiddels aan gewend dat iedereen kijkt maar vindt dat-ie niet hoort te kijken. Ze gaat nu natuurlijk vertellen dat ze die bladen alleen bij de kapper leest. 'Ik zat bij de kapper en daar lag...'

Ik kijk kennelijk niet al te vriendelijk, want ze gaat er niet verder op door. 'De vorige bewoner was er bijna nooit, dat was heerlijk rustig. Zie je, ik heb een hond en die kan niet goed tegen lawaai. Ik begrijp best dat jij nog jong bent, je werkt waarschijnlijk op ongeregelde tijden, maar ik hoop toch dat we elkaar geen last bezorgen.'

Ik heb nu al een hekel aan haar.

'U bedoelt te zeggen dat ik u en uw hond geen last bezorg.'

Dat zou Sandra gezegd kunnen hebben.

Maar ik hoor het mezelf heel duidelijk zeggen.

Vroeger zou ik daarvan zijn geschrokken, nu geeft het me een lekker gevoel.

'Doe er maar mee wat je wilt, het is altijd goed als je weet wat je aan elkaar hebt, nietwaar.'

Ik lach zoetsappig en antwoord 'dat we weten wat voor vlees we in de kuip hebben'.

'Precies,' zegt ze en draait zich om.

Met een smak doe ik de deur dicht.

De bel.

Zou Albert er nu al zijn? Dan is-ie echt vroeg zijn bed uit gekomen. Ja hoor, het is Albert. Met twee vrienden, Karel en Joost.

Echte studenten, druk en toch niet helemaal zeker van zichzelf. Die Karel is wel mijn type, lang, mager, krullen en als hij lacht is hij om op te eten. Wat je noemt een stuk. Joost lijkt me een goeierd, doet direct wat Albert zegt, tilt zich een breuk om de tafel in z'n eentje naar boven te hijsen en blijft ondertussen met een Limburgs accent doorpraten. 'Is ze er al?' fluistert Albert.

'Wie?' vraag ik om te pesten.

'Die Joyce of nee, die Do.'

'Maak je niet ongerust, ze is boven,' zeg ik. Maar die grap mislukt, want wie komt daar aangelopen? Do.

Zo slijmerig heb ik Albert nog nooit zien doen!

'Hoi, jij bent Do, dat zie ik direct, Lauren heeft veel over je verteld en uiteraard kijk ik iedere avond naar jullie soap. Ik ben Albert, oudere broer van Lauren. Ik neem aan dat ze je veel over mij verteld heeft.'

Do is toch echt niet op haar mondje gevallen, maar nu is ze sprakeloos. Dan zegt ze met haar liefste glimlach: 'Ik moet je teleurstellen, Albert, ik wist niet eens dat Lauren een oudere broer had.'

Daar heeft Albert niet van terug, de stemming zit er direct in. Bovengekomen worden we opgewacht door Karel en Joost, die overduidelijk laten zien dat ze onder de indruk zijn van Do. Als ik een kwartier later koffie maak in m'n keukentje, komt Albert bij me binnen met de vraag hoe ik Karel vind.

'Waarom vraag je dat?'

'Omdat hij helemaal de weg kwijt is van jou.'

'En jij denkt dat ik dat geloof.'

'Hij zegt dat hij alleen maar naar jouw soap kijkt omdat jij erin speelt.'

'Zeg maar tegen hem dat hij morgenavond hier kan komen en dat hij de hele nacht kan blijven.'

'Dat meen je niet!'
'Natuurlijk niet.'

Ik duw Albert opzij en ga met de koffie de kamer binnen. Ik geloof niet dat ik Albert ooit in m'n leven zo heb afgetroefd. Denkt zeker dat ik op zijn vrienden zit te wachten. Hoe kon ik zo stom zijn om te denken dat hij me wilde helpen? Natuurlijk wilde hij met mij en Do opscheppen. 'Ik regel dat wel, jongens, laat dat maar aan mij over.'

Ik heb er behoorlijk de pest in.

Albert doet alsof hij het niet merkt.

Ik kan er niets aan doen, maar Karel en Joost zijn echt leuke jongens. Trouwens, voor het eerst in mijn leven kijk ik tevreden naar mijn broer. Gek woord, tevreden, maar ik vind het leuk dat daar mijn broer zit. Dat gevoel heb ik nog niet veel vaker gehad. Do valt op hem, dat kan ik zien. Flirt als een gek met hem en Albert doet wel stoer maar dit heeft hij nog niet eerder meegemaakt. Ja ventje, er zit wel wat anders tegenover je dan je gewend bent. Ik volg hun geflirt en ben trots op Do. Heb ineens heel erg het gevoel dat ik bij een andere wereld hoor. Albert en Joost zijn al het bekende, het saaie vertrouwde. Karel kan ik nog niet plaatsen. Do is het nieuwe, het opwindende, het anders dan andere.

Albert voelt het ook. Hij gedraagt zich anders, niet bot zoals vroeger, maar zoals ik altijd gehoopt heb dat een oudere broer zou zijn. 'Blijf jij maar zitten, ik doe het wel,' als er nog een kop koffie moet komen. Even later gaat hij bier kopen en komt terug met een fles wijn voor Do en mij. Hij is gewoon lief en daar moet ik erg aan wennen. Vraag me af of dat nou alleen is omdat ik op de televisie ben. Als Do druk met Karel en Joost zit te praten, vraag ik het hem.

'Welnee, dat heeft er niks mee te maken. Ik vind het leuk voor je, vind het ook leuk mijn zusje op tv te zien, maar daar heeft het niets mee te maken. Thuis waren er altijd problemen, jij hoorde bij mama, ik bij papa. Ik wist daar niet mee om te gaan, was blij toen ik naar Amsterdam kon. Jij bent nu ook het huis uit, je bent niet meer dat kleine zusje. Ik vind het goed dat je dat gedurfd hebt, uit huis te gaan, ondanks mama, want die vindt het vreselijk.' Ik kan het niet laten te vragen hoe hij dat weet. 'Omdat ze mij nu steeds belt. Toen ik vroeg waar ik die belangstelling aan te danken had, zei ze dat ze jou zo miste. Je kent mama, logischer bestaat niet.'

Albert ziet dat ik in de war ben en slaat z'n armen om me heen. Albert, die mij tegen zich aandrukt en fluistert: 'Niet huilen hoor, maar die Do is echt een stuk.'

Staan we als idioten te lachen!

Het wordt een dolle dag.

'Eerst gaan we inrichten,' zegt Joost, maar dan wil Karel weten of ik tevreden ben over de kleuren.

Do valt achterover op de bank en gilt: 'Pas op, Lauren, dadelijk gaan de heren schilderen.'

Die doen alsof ze dat inderdaad van plan waren en beginnen mij te vertellen welke kleuren zij graag zouden willen zien 'voor de volgende keer dat we komen'. Karel vraagt of er iets te eten is en rent al weg om broodjes te halen. 'En bier,' roept Joost hem na, want de flessen die Albert gehaald heeft zijn al leeg.

Tot mijn stomme verbazing komt Karel niet alleen terug met broodjes, maar ook met drie blikken verf, kwasten, ammoniak en schuurpapier. 'Als je een schoonheid bekend van tv helpt inrichten, moet je het ook goed doen,' zegt hij lachend. Ik heb niets in te brengen, voor ik er erg in heb staat Joost een deur te schuren, installeert Albert mijn geluidsinstallatie en staan Do en Karel een muur paars te verven.

'Waarom paars?' wil ik weten.

'Omdat paars de kleur van de toekomst is,' roept Karel. 'En dat zal het altijd blijven,' vult Do aan en daar moeten we dan weer vreselijk om lachen.

Om vijf uur zijn we klaar en is het tijd voor nog meer bier.

En voor de dames graag nog een fles wijn.

Joost is de deur nog niet uit – inmiddels geel geverfd 'want dat steekt mooi af tegen het paars' volgens Karel – of Herma, Tatiana en Wolter verschijnen. Verwelkomd door kreten dat ze overal af moeten blijven want dat de verf nog niet droog is. Ze hebben lief bloemen voor me gekocht, maar waar is een vaas? Heb ik niet. Wel een emmer? Ook niet. Albert wil al weg om die beneden te gaan lenen, maar dan roep ik heel flink dat daar geen sprake van kan zijn omdat ik dan de eerste dag al ruzie heb met de hond die daar woont. 'Met een hond?' gilt iedereen en ik proberen uit te leggen dat beneden een vrouw woont met een hond die niet tegen lawaai kan. Waarop Do wil weten wat een emmer met lawaai te maken heeft en dan weet ik het niet meer en laat alles maar over me heen komen. Wolter valt van het lachen tegen de deur en zit onder de gele verf, dat wordt niet erg gevonden maar het is wel zonde van de deur, dus wie meldt zich aan de kwast te hanteren? Tatiana heeft nog niks gedaan, wil graag haar steentje bijdragen, pakt een blik en een kwast en omdat het geel op is, wordt besloten dat het bruin van de andere deur prachtig kan terugkeren in de gele deur. Ik heb nog nooit zo gelachen als op deze dag. Al zouden ze het plafond rood verven en de vloer groen, het zou me niet opvallen. Herma vindt dat het oergezellig is en Do antwoordt voor mij dat 'het precies zo geworden is als we ons hadden voorgesteld'.

De muziek staat veel te hard, maar ik ben zo blij dat ik er niks van wil zeggen.

Albert en Do gaan eten halen.

Ze blijven veel te lang weg. Dat valt niemand op, maar mij wel. Vaag herinner ik me dat Do me verteld heeft dat ze verliefd is op iemand van de crew, maar als ze iets met Albert zou krijgen, zou ik dat geweldig vinden. In de stemming waarin ik ben, mag alles. Morgen denk ik er misschien anders over, maar vandaag zit ik in mijn 'flat' – dat zei Wolter, 'wat een luxe flat, Lauren' – die totaal, maar dan ook totaal anders is geworden dan ik me ooit had voorgesteld, met acteurs uit de soap en vrienden van mijn broer. En die zijn allemaal voor mij gekomen. En alles om me heen is van mij.

Plotseling denk ik aan Karin. Zal ik haar bellen?

'Waarom kijk je zo ernstig?'

Karel.

Zit wel erg dicht tegen me aan.

Waarom ook niet. Ik vind hem steeds aardiger. Dacht dat ik verliefd begon te worden op Tammo, maar dat blijkt mee te vallen.

'Ik dacht aan iemand die tot ik met de soap begon mijn beste vriendin was,' zeg ik. Dat is niks voor mij, aan iemand die ik tot vandaag nog nooit gezien heb zoiets intiems te vertellen. Tenminste, ik vind dat nogal intiem. Karels reactie verrast me. 'Je bedoelt zeker Karin?'

Ik schiet overeind. 'Hoe weet jij van Karin?'

Kennelijk schreeuw ik zo hard dat iedereen even stil wordt. 'Dat heeft Albert me verteld. Omdat hij een paar jaar ouder is dan jij had hij nooit zo veel contact met je en bovendien was je altijd met Karin, ik herinner me die naam omdat mijn zusje ook Karin heet.'

Ik val van de ene verbazing in de andere. Ik laat me terugzakken, merk pas een paar minuten later dat ik met mijn hoofd op zijn schouder lig. Hij strijkt door m'n haar en ik laat hem z'n gang gaan. Begin me af te vragen hoe het nu verder zal gaan, maar Do en Albert komen binnen met het eten.

Joost is dronken en vertelt verhalen in het Limburgs waar we geen woord van verstaan. Hij moet er zelf verschrikkelijk om lachen, dus doen we alsof hij erg leuk is. Ik heb nooit gemerkt dat Herma iets had met Wolter, maar als ik een glas uit de keuken ga halen, tref ik ze daar hevig zoenend aan. Ze merken niet eens dat ik binnenkom.

Mocht Albert warme gevoelens voor Do koesteren dan laat hij dat niet merken. Dat vind ik stoer, waarom weet ik niet maar ik vind het stoer van hem. Bovendien is het verstandig, want Do is niet het type om meteen met een vent naar bed te gaan. Dat weet ik omdat ze een keer over Tatiana zei dat die met iedere man 'onder de klamme lappen duikt'. Die uitdrukking had ik nog nooit gehoord, trouwens, ik kende geen meisjes van wie ik zeker wist dat ze dat deden. Wel die het erover hadden, maar of ze het ook deden? Trouwens, ik denk dat nou wel over Do, maar als ik goed op haar let, hoe ze zegt: 'Albert, ik heb een plaatsje naast me vrijgehouden,' weet ik het niet. Zal me ook een zorg zijn.

Om twee uur is Joost zo dronken dat hij van Albert naar huis moet. 'Karel, we gaan. Joost wordt lastig,' zegt hij en ineens gaat iedereen weg. Ik wil dat ze blijven, wil niet dat de dag voorbij is, maar beschouw dit algemeen vertrek ook als een oplossing voor hoe het met Karel moet. Verder dan een beetje tegen elkaar aanhangen zijn we niet gekomen en dat vind ik eigenlijk wel best. Tenslotte weet ik niks van hem af. Sinds ik in de soap zit, ben ik een stuk sterker geworden, ik ben me ervan bewust dat ik er goed uitzie, maar meisjes die jongens de eerste de beste avond alles met zich laten doen, daar ben ik niet van. Karel zorgt wel handig dat hij de laatste is die vertrekt. Bij de trap blijft hij staan en vraagt of hij me mag bellen. Ik zeg dat hij dat natuurlijk mag en dan geeft hij me een zoen op m'n wang. Ik heb zo veel drank op dat ik het prima had gevonden als hij me anders had gezoend, maar ben nog net bij de tijd genoeg om deze zoen op mijn wang spannender te vinden. 'Dan blijft er wat over voor de dag van morgen,' zou Karin zeggen.

Karel is niet de laatste.

Ik kom de kamer binnen en daar ligt Herma op de bank.

'Ik ben zo dronken als een tor.'

Moet ze bij mij in bed komen liggen?

Laten we het niet te gek maken.

Ik leg mijn oude slaapzak over haar heen.

26

In de green room ligt de *Story*.

Op de voorkant, 'de cover' heb ik geleerd te zeggen, staat Elsbeth. Die zit al van het begin af aan in de soap, ik heb nooit scènes met haar, ken haar niet goed. Ben eerlijk gezegd een beetje bang voor haar, ga nooit naast haar zitten tijdens de lunch en loop ook niet zonder reden haar kleedkamer binnen. Elsbeth is tien jaar ouder dan ik, heeft de toneelschool gedaan en zat al in producties vóór de soap. Ze barst van de kritiek en vaak, als ik haar tekeer hoor gaan, vraag ik me af waarom ze eigenlijk in de soap zit. 'Ik moet deze week weer een onzin zeggen, niet te geloven,' begint ze dan. Volgen een heleboel argumenten waarom ze denkt 'die waanzin niet uit m'n bek te kunnen krijgen'.

Ik word ook onzeker van haar. Want ik vraag me al die dingen nooit af.

Natuurlijk denk ik wel na over wat ik zeg, maar bijna altijd klopt dat wel. Als ik er moeite mee heb, vraag ik de regisseur wat hij ervan vindt. Elsbeth doet alsof ze een enorme verantwoordelijkheid voelt. 'Naar mezelf toe en naar de kijker,' hoorde ik haar laatst zeggen.

Ik geloof niet dat ik in de interviews die ik tot nu toe gehad heb ook maar één zin gezegd heb naar mezelf of de kijker toe. Ik voel niks geen verantwoordelijkheid. Ben dus benieuwd wat Elsbeth te beweren heeft. Het begint direct goed:

Je moet in dit vak voor jezelf opkomen als vrouw. Als je het wilt volhouden moet je sterk zijn. Je moet je blijven ontwikkelen en steeds beter worden. Er zijn genoeg voorbeelden van meisjes die zich aan dat sexy jongemeisjesbeeld vastklampen, maar waar je na een paar jaar niets meer van hoort. Dat wil ik niet. Ik wil vooruit.

Ben ik zo'n type meisje? Doe ik iets aan mijn ontwikkeling? Gauw verder lezen:

Ik speel dan nu wel in een soap, maar ben ik daarom meteen een soapactrice? Daar wordt zo minderwaardig over gesproken. Ik vind dat kortzichtig. Ik heb musical, zang en toneel gedaan. Ik wil uiteenlopende dingen doen in mijn vak, die niet onder één noemer te brengen zijn.

Van dat steeds maar noemen van 'het vak' word ik goed zenuwachtig. Als ik naar de anderen kijk en eerlijk probeer te ontdekken of ze beter zijn dan ik, wat 'vak' dan precies betekent, kom ik geen spat verder. Bij de oudere acteurs zie ik dat wel. Maar dat betekent niet dat ik ze allemaal beter vind acteren. Yoeri schept op over alle rollen die hij gespeeld heeft. Dat zal best waar zijn, hij zal het niet allemaal verzinnen, maar ik vind hem echt verschrikkelijk voor de camera. Als je dat natuurlijk spelen noemt, ben ik gek. Nee, dan Paul, die vind ik echt fantastisch. Je merkt niet of hij speelt of gewoon zichzelf is. Hij helpt me met allerlei dingetjes. Ik hoop altijd dat hij me roept om de tekst door te nemen. De manier waarop hij roept: 'Lauren, heb je even tijd?' is helemaal goed. Hij wacht op me in een hoekje in de green room en begint altijd met: 'Jij kent het natuurlijk weer als je naam.' Ik lach zo'n beetje en dan zegt hij: 'Bij mij zweeft het, help me maar erdoorheen te komen.' Dat vind ik zo lief, dat hij altijd doet alsof ik hem moet helpen. Want het is natuurlijk andersom, hij zegt – en altijd heel voorzichtig: 'Misschien kun je het ook es proberen zus te zeggen,' of: 'Waarom denk jij dat Sandra nu zo reageert?' Als híj met me werkt, begrijp ik wat hij bedoelt als hij zegt: 'Toneelspelen is in de eerste plaats denken, Lauren.'

Na een halfuurtje werken aan een tekst en nog wat kletsen vroeg ik hem of ook hij zijn werk als vak zag. Hij keek me verbaasd aan en zei toen: 'Waarom vraag je dat?' Ik legde uit dat ik iedereen altijd over 'vak' hoorde praten en dat ik dat woord ook steeds in interviews tegenkwam.

'Dat is een lastige vraag, Lauren,' antwoordde hij na een tijdje. 'We hebben het hier al eerder over gehad, toen je nog maar net bij ons was. Voor je het weet zit ik te preken en dat wil ik niet. Kijk, ik weet niet hoe jij in de soap terecht bent gekomen, wat je voorgeschiedenis is. Ik weet ook niet wat je ermee wilt. Ik wist al heel jong dat ik maar één ding wilde en dat was: toneelspeler worden. En in die tijd betekende dat naar de toneelschool. Je dacht niet aan beroemd zijn of geld, die begrippen kwamen niet in je hoofd op. Televisie stond in de kinderschoenen, de mensen luisterden nog naar hoorspelen. Er waren drie toneelscholen, in Amsterdam, Arnhem en Maastricht, en daar deed ieder jaar een zeer beperkt aantal leerlingen eindexamen. Naar de toneelschool gaan was uitzonderlijk; tegenwoordig gaan er honderden. In mijn tijd was je bezeten van toneel, wilde je niets anders. Ik heb je gezegd dat ik niets van jou weet. Ik weet dus niet of jij bezeten bent, of toneel het enige is wat je wilt, en met toneel bedoel ik uiteraard al die andere disciplines, zoals televisie, film, musical, cabaret enzovoort. Het gevaar van televisie en met name soap is dat iemand die heel natuurlijk overkomt al direct op een voetstuk wordt geplaatst. Bekende Nederlander wordt, in de bladen komt, niet over straat kan lopen, al die onzin die niets met, en nu moet ik het zeggen, met "het vak" te maken heeft. Nou is het toch een lange preek geworden en dat was niet mijn bedoeling.'

Ik kijk kennelijk bedenkelijk want hij gaat door. 'Ik weet niet of je iets anders van me wilt horen, iets over jezelf.'

Ik knik dat ik dat wil.

'Ik denk dat je intelligent bent. Ik durf niet te zeggen of je talent hebt, als ik dat zou vinden dan zou ik het je nog niet zeggen. Dit wil ik je wel zeggen en dat meen ik echt. Blijf niet al te lang in de soap hangen. Als je verder wilt, je wilt ontwikkelen, echt "in dit vak" wilt, moet je de moed opbrengen er na twee, uiterlijk drie jaar uit te stappen. Alleen als je zegt: "Ik verdien lekker, ik vind het leuk, voor de rest zie ik wel," moet je blijven. Maar ik zou dat voor jou zonde vinden.' Hij staat op en zegt: 'En dat bedoel ik als een compliment.'

Ik begreep dat niet en vroeg het Do.

'Dat is nogal duidelijk,' riep ze. 'Hij vindt dat je talent hebt en er op tijd uit moet stappen.' Daar geloofde ik geen woord van.

En een paar dagen later geloof ik het nog steeds niet. Wilde hij me waarschuwen?

Ik weet niet of dat zijn bedoeling was, maar in ieder geval ben ik er wel mee bezig.

Een uur geleden ben ik thuisgekomen.

Nu zit ik op mijn bank naar de bespottelijke kleuren op mijn deur te kijken.

En ik voel me gelukkig.

Ik ben gewoon gelukkig.

Ik doe wat ik leuk vind, verdien er nog mee ook, zit op mijn eigen bank in mijn eigen kamer. Het zal wel stom zijn, maar de rest komt allemaal nog wel. Tijd genoeg om te zien wat ik met m'n leven wil en of ik me wil ontwikkelen ja of nee.

27

Ik wil het eigenlijk niet toegeven maar ik heb een lui, aangenaam leventje.

Aangenaam, moet je mij horen.

Hoewel ik een grote rol heb, hoef ik niet iedere dag naar Aalsmeer. Als ik geen opnames heb, lig ik lang in m'n bed, bekijk hoeveel tekst ik heb, leer die alvast een beetje en ga de stad in. Nu ik verdien, ben ik ineens geïnteresseerd in kleren. Er gebeurt in hoog tempo zo veel nieuws dat ik het niet eens gek vind dat ik de ene na de andere winkel afstruin. Hoe ik eruitzie is belangrijk voor me geworden. Ik hoor daar in de soap iedere dag over en waar ik me vertoon word ik herkend, dus dat ik me bewust ben van hoe ik eruitzie, zal daar wel door gekomen zijn. In het begin vond ik het griezelig als mensen me herkenden; na bijna een jaar vind ik het raar als het niet gebeurt.

's Avonds ga ik met de anderen naar het café of ik hang thuis voor de tv. Joop, de cameraman, heeft me geholpen een goedkoop televisietoestel uit te zoeken.

In het begin ging ik ieder weekend naar huis. Dat is minder geworden. Mijn moeder komt veel vaker dan mij lief is naar Amsterdam. Ze doet er alles aan het mij naar de zin te maken. Ze neemt altijd wat lekkers mee en als ze afscheid neemt, zegt ze: 'Ik verheug me al op de volgende keer.' Tja, dan zeg ik natuurlijk niet dat ze van mij wat minder mag komen. Alleen toen ze vroeg of ze niet eens mee mocht naar Aalsmeer kapte ik dat onmiddellijk af. 'Dat kan echt niet, mama, dat zou iedereen idioot vinden.'

Waarom ik me tegen mijn moeder verzet begrijp ik zelf niet goed. Ik vroeg Do hoe haar band met haar ouders was. 'Ik weet waarom je dat vraagt,' zei ze. 'Je doelt waarschijnlijk op het uit huis willen gaan en het onvermijdelijke "je losmaken van". Ik ben nog altijd heel close met mijn ouders, zowel met mijn vader als mijn moeder, maar ik wilde ook uit huis en ik zag er vreselijk tegen op om mijn ouders te zeggen dat ze niet ieder weekend op m'n stoep moesten staan. Toen ik het uiteindelijk durfde te zeggen, bleek dat zij juist dachten laten we maar gaan, ze zit anders zo alleen. We hebben er vreselijk om gelachen.'

Komt mijn moeder omdat ze denkt dat ik zielig alleen zit?

Gaat er bij mij niet in.

Mijn vader doet zijn best aardiger tegen me te zijn. Hij zwijgt over de soap en dat is beter dan rotopmerkingen maken. Laatst vroeg hij wel 'of ik er niet iets bij kon doen', en daar werd ik niet vrolijk van. 'Je bedoelt zeker een studie, nou pa, laat me je direct vertellen dat ik dag in dag uit met mijn rol bezig ben en echt geen tijd heb er nog iets bij te doen.' Ik geloofde het zelf toen ik het zei.

Maar het zou best kunnen.

Als ik het wilde.

Tussen Do en Albert is het niks geworden. 'Ik vind hem superaardig,' zei Do toen ze met hem uit was geweest, 'maar hij is toch mijn type niet.' Alsof ze bang was dat ik beledigd ben dat ze mijn broer niet wil, zei ze vlug: 'Ik bij nader inzien ook niet van hem hoor, dus dat kwam goed uit.'

Karel heeft me nog één keer gebeld. Ik denk dat hij dacht dat het een smoes was toen ik antwoordde dat ik een zware week had in de soap en 's avonds vroeg in m'n bed wilde liggen. 'Een volgende keer beter,' zei hij en hing op.

Natuurlijk was het een smoes.

Dat wist ik niet toen ik het zei, maar even later wel.

Want ik ben verliefd op Tammo.

Als ik mijn callsheet krijg voor de volgende week, is het eerste wat ik doe opzoeken of ik scènes met Bob heb. En als ik zijn naam lees, Tammo van Leer, sta ik te beven van opwinding. Do heeft me gewaarschuwd vooral niks te laten blijken. 'Tammo is gewend dat meisjes verliefd op hem worden. Hij krijgt stapels post en er staan altijd de mooiste meiden op hem te wachten. Hij heeft ze voor het uitzoeken. Dus als je iets met hem wilt, moet je juist heel afstandelijk tegen hem doen.'

Dat doe ik dus. Maar het kost me moeite.

We hebben al drie keer een scène gehad waarin we moesten vrijen. Of nee, twee keer zoenen en een keer vrijen op bed. Om dat zoenen had ik me niet zo druk gemaakt. Ik wacht wel af wat hij doet, dacht ik. Hij zoende me op m'n mond maar daar bleef het bij. Maar ik was gek van de zenuwen toen de middag kwam dat we op bed moesten vrijen. Pim was liever dan ooit. Nam me apart en zei zachtjes, zodat niemand het kon horen: 'We maken hier geen speelfilm, Lauren, ik begrijp best dat je ertegen opziet, je hoeft niet uit de kleren, vertrouw mij maar.'

In de scène lig ik behoorlijk spaarzaam gekleed op mijn bank in een blad te kijken. Zwoele muziek op de achtergrond, schemerlampjes aan. Carola heeft een rokje voor me uitgezocht. Ik trek het aan, hol naar haar toe en roep: 'Nou ja, ik kan net zo goed niks aandoen.'

Carola lachen en ik krijg een truitje, zo strak dat ik het met moeite over m'n hoofd krijg. 'Sexy maar niet ordinair,' zegt Carola bewonderend.

'Ik vind het behoorlijk hoerig,' zeg ik, mezelf in de spiegel bekijkend.

'Ik moet ervoor zorgen dat ik aanvul wat je van jezelf niet hebt,' antwoordt Carola. 'Dat is mijn taak.'

Ik kijk haar aan, beetje boos, werp nog eens een blik in de spiegel en moet toegeven dat ik er behoorlijk sexy uitzie. Een jaar geleden had ik me hoogst ongemakkelijk gevoeld, nu sta ik naar mezelf te kijken alsof er een ander voor de spiegel staat. Voor de zoveelste keer vraag ik me af wat er in dit jaar met me gebeurd is. Ik ga naar beneden en ik voel de jongens van de crew naar me gluren. Tammo staat in een donker hoekje zijn tekst door te nemen en doet alsof hij me niet ziet. Korter dan een seconde kijkt hij op, ziet me en draait zich om. Maar ik heb de blik in zijn ogen gezien! Dat geeft me precies het gevoel dat ik voor de scène moet hebben.

'Ben je er klaar voor, Lauren?' vraagt Pim.

'Ik kan niet wachten,' fluister ik hees.

Hij moet lachen. 'Kleine meisjes worden groot.'

Heel even gaat door m'n hoofd: bedoelt hij dat onaardig? Maar dan besluit ik dat zelfs hij me mijn opgebouwde zekerheid niet kan afnemen.

'Ik doe m'n best me in te leven,' zeg ik.

'Dat lukt je heel aardig,' zegt hij.

'Daar word ik voor betaald, toch?'

'Zo is het, Lauren.'

Als ik bij Pinokkio een oefening moest doen, bleef ik altijd naar mezelf kijken. Tineke zei vaak dat ik me moest durven laten gaan, m'n controle moest verliezen. Ik begreep er geen hout van wat ze daarmee bedoelde. Ik speelde meer met m'n hersens dan met m'n gevoel. Vandaag denk ik, maar daarna laat ik me leiden door mijn gevoel. Ik ben niet langer Lauren en Tammo is alleen maar Bob. Heel even merk ik dat hij schrikt als ik hem boven op me trek en een been om hem heen sla, maar dan laat hij zich gaan en zoent me zoals ik nog nooit door een jongen gezoend ben. De zinnen die ik tegen hem moet zeggen vond ik toen ik de tekst leerde zwaar overdreven, ik zou zelf nooit aan een jongen vragen of hij iets 'prettig' vindt, maar terwijl ik omringd ben door lampen en microfoons komen diezelfde zinnen over mijn lippen alsof ik ze op dit moment verzin. Ik ga zo op in mijn spel dat ik niet hoor dat iemand tegen een statief op loopt waardoor een lamp naar beneden klettert.

Maar de scène moet wel over!

Dat vind ik helemaal niet erg.

Tammo is weer helemaal Tammo. 'Wat zijn we aan het doen, jongens,' roept hij sarcastisch. 'Wij liggen ons hier uit te sloven, loopt er een of andere nerd tegen een lamp aan.' Hij heeft gelijk, maar de manier waarop hij tekeergaat staat me tegen.

Pim komt op de set, gaat bij ons op bed zitten en zegt tegen Tammo dat de scène sowieso over had gemoeten omdat er iets met het geluid niet in orde was. 'Jullie gingen goed, geef nog maar niet te veel weg, want volgende week krijgen jullie nog een paar heftige scènes, dus verschiet niet al je kruit in één keer.'

Tammo knikt dat hij het begrijpt, ik voel de onzekerheid in me kruipen.

We doen het nog een keer over en krijgen van Pim te horen dat het beter is dan de eerste keer.

Hij ziet dat ik daar niks van begrijp. 'Vergeet nooit dat de camera alles ziet. De eerste keer was je te zeker van jezelf, ik zag in je ogen dat je wist dat Bob bij je op bed zou komen. Terwijl Sandra daar helemaal niet zo zeker van is. Juist die onzekerheid is spannend. Kun je het daarmee eens zijn?'

Daarom is Pim mijn favoriete regisseur. Hij vráágt. Harald en Hans zeggen hoe zij vinden dat het moet.

Pim heeft gelijk. Ik wilde dat Tammo met me zou vrijen en ik wist dat hij dat zou doen. Sandra wil het maar wéét het niet.

Ik ga het spelen steeds leuker vinden.

'Je raakt verslaafd aan de camera,' zei Herma een keer tegen me. Ik heb er niks op geantwoord, want ik begreep niet wat ze met 'verslaafd' bedoelde. Na vandaag begrijp ik het. Ik word een beetje bang van die gedachte. Want wat als ik eens niet meer voor de camera sta?

Die gedachte duw ik onmiddellijk weg. Heel ver weg.

Tammo komt mijn kleedkamer in. 'Lauren, ik kan geen hoogte van je krijgen, maar ik vond onze scène geweldig gaan.'

'Geen hoogte van mij? Ik zit anders redelijk ongecompliceerd in elkaar hoor.'

'Ik heb mijn twijfels. Je bent een ander meisje dan een jaar geleden.'

'Leuker?'

'Daar heb je het, dat had je een jaar geleden nooit durven vragen.'

Hij schuift een stoel aan en komt naast me zitten. We praten met elkaar via de spiegel.

'Wat doe je raar,' zei mijn moeder toen ze de badkamer binnen kwam terwijl ik mijn tanden stond te poetsen.

'Wat nou raar?' vroeg ik geïrriteerd.

'Je praat tegen me in de spiegel, dat deed je nooit. Is dat ook iets wat je in de soap geleerd hebt?'

In zulk soort kleine zinnetjes verraadt mijn moeder dat ze anders is gaan denken over de soap. Een avond had ze te veel gezopen en ineens ontviel haar: 'Ik ben je kwijt.' Ze ging heel snel op iets anders over maar ik heb het onthouden.

'Je hebt mijn vraag nog niet beantwoord.'

Tammo kijkt me lang aan. Zegt dan aarzelend: 'Of ik je een jaar geleden leuker vond? Ik zei ánders, jij maakt er leuker van. Als ik eerlijk ben...'

'Graag.'

'...weet ik het niet. Na de screentest, weet je nog wel, jouw screentest, dacht ik dat ik verliefd op je was. Of zou worden. Dat wilde ik niet, want meestal wordt dat niks. Kijk maar om je heen in de cast. Ik deed mijn best me afstandelijk op te stellen. Natuurlijk weet ik wel dat ik doorga voor een flirt. Daniëlle zegt altijd: "Daar heb je mijn ijdele ventje." Daar wordt dan om gelachen, allemaal prima. Ik zal de laatste zijn om te ontkennen dat ik ijdel ben. Ik heb een redelijk stel hersens en ik hou goed in de gaten wat er met mij en om me heen gebeurt.'

Hij schuift zijn pakje sigaretten naar me toe en ik pak er eentje.

'Om er geen speech van te maken, ik begon je steeds leuker te vinden. Maar dat wilde ik niet. De avond dat jij in Amsterdam ging wonen, hoorde ik dat Herma en Tatiana met bloemen naar je kamer gingen. Het kostte me vreselijk veel moeite niet mee te gaan. Had er de pest in, maar... vond dat te snel... kende je nog niet voldoende... denk ik.'

Ik zou hem nu willen aanraken, een zoen geven, iets liefs zeggen. Maar iets in me waarschuwt me te wachten.

'In wat wij doen, hier in de soap zal ik maar zeggen,' gaat hij naar woorden zoekend door, 'kom je altijd terug bij hersens en gevoel. Als je het er niet mee eens bent, moet je het zeggen, maar jij laat je, geloof ik, meer leiden door je gevoel, je emoties, dan ik. Daar ben ik jaloers op. De scène die we net gedaan hebben, ging fantastisch en dat kwam door jou. Je was zo sterk dat ik niets hoefde te spelen. Wat me zelden lukt, gebeurde nu: ik liet me gaan. Het klinkt overdreven, maar ik vergat dat ik Tammo was. Maar dan loop ik de trap op, ga in mijn kleedkamer zitten en weet het niet meer. Beneden kon ik mij als Bob laten gaan, nu zit ik weer als Tammo naast je.'

Hij zwijgt.

Na een tijd durf ik te vragen of hij het zichzelf niet erg moeilijk maakt.

'Wat bedoel je?'

'Je moet niet boos op me worden, maar ik begrijp eigenlijk niet wat je wilt zeggen. Je gebruikt een hoop woorden, maar wat bedoel je?'

Hij zucht diep, strijkt door z'n haar en zegt: 'Dat ik hopeloos verliefd op je ben.'

'Daar heb je dan een heleboel tekst voor nodig gehad,' zeg ik.

Hij staat op en trekt me bijna voorzichtig, zacht overeind.

'En jij?'

'Ik denk dat het bij mij ongeveer net zo is gegaan,' fluister ik in zijn oor.

We zoenen.

Ineens moet ik lachen.

'Waarom moet je lachen?' vraagt hij geschrokken.

'Nog geen kwartier geleden lagen we beneden te zoenen en nu... is het anders.'

'Beneden was beroepsmatig,' zegt hij met een grijns.

'Wat je beroepsmatig noemt,' zeg ik.

Na wat me een uur lijkt gaan we weer zitten. Een tijd lang weten we geen van beiden iets te zeggen.

Dan begint Tammo. 'Jij zei dat ik niet boos op je moest worden. Dat vraag ik nu aan jou. Iedereen zal zeggen dat het te verwachten was dat wij verliefd op elkaar zouden worden. Misschien hebben we er daarom zo lang over gedaan.'

'Om de anderen die lol niet te gunnen,' zeg ik.

'Dat ook,' zegt hij bedachtzaam, 'maar ik denk ook, en ik spreek nu voor mezelf, omdat het zo voor de hand lag. Als de kat ooit op het spek is gebonden, dan wij wel.'

Ik moet lachen, hij ook.

'Jij dan de kat en ik het spek. Maar je begrijpt wat ik bedoel. Al na een maand wilde ik je vertellen wat ik voor je voelde, maar ik stelde uit en stelde uit. Hoopte dat er iets zou gebeuren waardoor het spontaan zou gaan. Maar dat kon natuurlijk niet. Heb je gemerkt dat ik naar je keek toen je de set op kwam?'

'Wat dacht je, natuurlijk zag ik dat.'

'Ik denk dat toen dat spontane moment was. Ik keek naar je en ineens schoot door me heen: ik hou van haar. Het kan me niet schelen wat ervan komt, maar ik hou van haar.'

Weer zoenen we.

Onhandig, ieder in z'n stoel.

Ik duw hem van me weg, hou zijn handen vast en zeg: 'Ik speel een sexy meisje, Tammo, maar dit heb ik nog niet eerder meegemaakt. Ik ben geen meisje om snel tegen een jongen te zeggen dat ik van hem hou. Dat zijn grote woorden en

ik ben nogal nuchter. Maar ik geloof dat ik het nu wil zeggen.'
'Zeg het dan.'
'Ik hou ook van jou, Tammo.'

28

Vandaag is het op de dag af een halfjaar geleden dat we elkaar voor het eerst zoenden. Tammo wilde het geheimhouden, maar dat lukte vanaf het begin niet. Wie van ons twee het als eerste aan een ander verteld heeft, weet ik niet. Ik aan Do, maar die zwoer dat ze het niet door zou vertellen. Of Tammo het verteld heeft, ik vraag het me af. Tammo is niet echt populair, niet iedereen vindt hem aardig, de meesten... kijken tegen hem op. Ik weet best dat ik dat ook doe, al zal ik het nooit toegeven. Wie 'de bladen' heeft ingelicht... volgens Tammo heeft Johan daarvoor gezorgd. Omdat hij dat reclame voor de soap vindt. Dat er een foto van ons gemaakt werd, hadden we pas in de gaten toen we, op weg naar het café, een vent zagen weghollen. 'Hij heeft een camera!' gilde Tammo.

Een seconde dacht ik dat hij dat prachtig vond, toen duwde ik die gedachte weg. Maar toen hij tegen Marjo en Wolter zei: 'Ik word gek als ze ons gefotografeerd hebben, ik wil niet in die bladen,' had ik toch m'n twijfels. En nu ik zijn gezicht zie, zes weken later, als hij me de Story laat zien en ik zeg: 'Wat een rotstreek!' weet ik het zeker.

'Tammo, niet liegen, niet doen alsof je het niet wil, je vindt het prachtig, geef dat dan eerlijk toe,' roep ik boos.

Hij doet onmiddellijk superieur, alsof ik een klein meisje ben dat van niks weet. 'Het hoort bij ons werk,' zegt hij.

En daar hou ik helemaal niet van. Daarom word ik nog bozer en roep nog harder: 'Het zou me niks verbazen als jij de Story gebeld hebt.'

Wordt-ie me toch link! 'Ik de Story gebeld, ik? Als je dat denkt dan...' Ik heb hem nog nooit kwaad gezien, een keer in een scène, maar dat was anders kwaad dan nu.

'Wat dan,' zeg ik en ik hoor dat het er uitdagender uit komt dan ik bedoel.

'Dan begrijp je echt niks, maar dan ook niks van me.'

Daar weet ik zo gauw niks op te zeggen.

Hij loopt weg en kijkt me de hele dag niet meer aan.

We hebben nog een scène, gelukkig niet met z'n tweeën. Willemien is jarig in de soap en dat wordt uitbundig gevierd. Met Willemien begin ik eindelijk contact te krijgen. Ze zal ongeveer net zo oud zijn als mijn moeder, ziet er ook fantastisch uit, maar daar houdt de gelijkenis met mijn moeder op. Willemien is wat je noemt een beschaafde vrouw. Ze heeft grote rollen op het toneel gespeeld maar heeft het daar zelden over. Ze komt om haar werk te doen, is vriendelijk maar blijft op een afstand. Roddelt nooit en als anderen dat wel doen, zegt ze heel rustig: 'Kom kinderen, niet over iemand praten als die er niet bij is.' Ze speelt Jasmijn, de vrouw van Peter en ook in haar rol is ze afstandelijk. Als ze een emotie speelt, zie je haar ervaring. 'Techniek,' wordt dat genoemd. Anderen lopen heen en weer, peppen zichzelf op, zij niet. Ze zit in een hoekje, concentreert zich en komt pas wanneer ze geroepen wordt. Als ze hoort dat het erop staat, groet ze iedereen vriendelijk, bedankt de cameramannen en gaat naar huis. Willemien is jarig als Jasmijn, maar ik denk dat ze thuis net zo ingetogen blij jarig is. Tammo kijkt me de hele scène niet aan, behalve de ene keer dat hij dat in z'n rol moet doen en dan kijkt hij als Bob toch een stuk minder aardig dan zou moeten.

's Avonds vieren we Sinterklaas in de green room. Eigenlijk is het pas over tien dagen Sinterklaas, maar dan is iedereen natuurlijk thuis.

Herbert speelt voor Sinterklaas. Ik schat hem op de oudste van de soap, maar hij gedraagt zich als de jongste. Ik speel nooit met hem, want hij zit in een heel andere verhaallijn, maar ik probeer altijd in zijn buurt te zitten als hij in de green room is. Ik was als de dood voor hem tot Do zei: 'Je moet je nooit iets van hem aantrekken, hij zegt de vreselijkste dingen maar hij meent er meestal geen woord van.' Hij zegt inderdaad de vreselijkste dingen. 'Zo Hans, ik heb net even een blik geworpen op het scherm, wat ik zag was niet best. Ik hoop dat dit nog een repetitie was, als je het op deze manier gaat uitzenden gaat heel Nederland over op een ander kanaal.' Hij heeft een hekel aan Yoeri en dat laat hij merken ook. 'Beste Yoeri, ik weet niet of je het na al die jaren in de gaten hebt maar het is wel de bedoeling dat je je tekst leert. Jij noemt dat naturel acteren, beweert dat je pauzes neemt, maar ik hou het op gebrek aan tekstkennis.'

Tegen mij zei hij laatst: 'Wat hoor ik nu over jou, Lauren? Ik dacht dat jij een verstandig meisje was. Ik hoop dat het gerucht dat je verliefd bent op die meisjesgek, Tammo van Leer – waar zit je, jongen, laat je es zien, knul – op onwaarheid berust. Begin nooit iets met een collega, kind, dat loopt altijd uit op ellende.'

Ik heb Tammo nog nooit zo zien kijken, als een jongetje dat op z'n donder krijgt.

En iedere keer dat hij iemand te kakken zet, lacht Herbert zich gek.

Soms, als hij merkt dat hij te ver is gegaan, bromt hij: 'Let maar niet op mij, ik ben een ouwe gek, van alles wat ik zeg meen ik ieder woord.' En dan heeft hij de lachers weer op z'n hand.

Alleen tegen Willemien is hij altijd beleefd en aardig. Als ze binnenkomt staat hij op, wijst haar een stoel naast hem aan en zegt: 'Aha, daar is de enige verstandige vrouw in dit barre gezelschap. Ik beschouw het als een eer als u naast me komt zitten.'

Ik verheug me op een avond met Herbert als Sinterklaas.

Er is nog bijna niemand in de green room en het is direct duidelijk dat Herbert zich zorgen maakt. Hij zit op een soort troon, begint met een vloek en roept dan met die stem van hem die je tot in het café kunt horen: 'Waar is iedereen? Ik heb een familie-feestje afgezegd om hier de menigte te kunnen vermaken, ik heb nu al knallende koppijn van die veel te kleine mijter, ik heb op tachtig man gerekend en tel er amper vijftien, dat is te weinig om me als Sinterklaas te laten gaan. En ik zou het waarderen als ie-mand me iets te drinken zou brengen, graag whiskey, en geen glas maar een fles!'

Een halfuur later zijn we misschien met z'n dertigen en is Her-bert al behoorlijk dronken. Mijter, baard en snor liggen ergens naast hem op de grond, hij heeft z'n leesbril opgezet en com-mandeert dat hij persoonlijk de gedichten wil voorlezen. 'Aan ge-stamel en gefluister hebben we niets,' brult hij en begint aan een gedicht voor Roland.

Ik heb Roland vanaf de eerste dag een opschepper gevonden en begrijp niet wie dit loflied voor hem gemaakt heeft. Lach dan ook met de anderen mee als Herbert het gedicht na een paar regels weggooit en roept: 'Kan niet anders, deze waanzin heb je zelf ge-schreven, ik ga door met het volgende meesterwerk.'

Ik heb me rot gewerkt een geestig gedicht voor Do te maken maar Herbert vindt het klef. 'Het is geen kostschool hier, als de jonge meisjes elkaar aardig vinden kan ik daar niets aan doen, maar dit zoete gewauwel, daar word ik niet goed van. Ik zal dit gedicht eens op mijn manier bewerken.' Vol bewondering luister ik hoe hij, door woorden of hele zinnen te veranderen, mijn ge-dicht omwerkt tot een geestig en kritisch geheel. Weer een half-uur later kan hij door de whiskey bijna niet meer uit zijn woorden komen, maar hij heeft de avond gemaakt.

Tammo doet nog steeds alsof ik er niet ben. Ik maak mezelf wijs dat het me niks doet, maar weet wel beter. Drink veel te veel. Stom. En nog stommer is dat ik weet dat het stom is en het toch doe.

Ik praat met mensen van de crew met wie ik nooit verder ben gekomen dan een paar zinnetjes tussen de opnamen door en krijg een kick als ik hoor hoe ze met ons, acteurs en actrices, meeleven. Ik word daar, en dat zal ook wel door de drank komen, heel gelukkig van en dat gevoel van 'ik hoor erbij' wordt er nog groter door. Ik vind iedereen aardig, heel erg ver-schrik-ke-lijk aardig, en wil mijn hele verdere leven bij de soap blijven.

Dat iedereen aardig vinden klopt niet.

Ik sta aan de bar, naast me staat Maja en die mag ik niet. Maar in de stemming waarin ik ben, wil ik zelfs haar aardig vinden. Ik sta te verzinnen wat ik voor aardigs zou kunnen zeggen, hoor ik haar aan Serge, een van de schrijvers van de soap, vertellen dat ze 'het fijn zou vinden als er verdieping in haar rol kwam'. Ik denk: wat nou verdieping, je speelt een meisje achter een bar, en blijf nog even staan.

'Ik maakte laatst zoiets geks mee en ik dacht dat ik dat jou moest vertellen omdat je er misschien iets mee kunt doen.' Hangt ze een heel verhaal op over een klant die altijd in een café kwam en verliefd werd op het barmeisje en dat – 'het is maar een ideetje hoor' – Serge misschien es zou kunnen bekijken of zij iets zou kunnen krijgen met Peter. 'Ik noem dat natuurlijk niet voor mijn rol, daar gaat het me niet om, dat moet je van me aannemen, maar als actrice wil ik verder komen, begrijp je, en ook voor de soap lijkt het me goed als de verhaallijnen elkaar meer gaan raken, in elkaar overlopen, begrijp je wat ik bedoel?'

Serge doet alsof hij er alles van begrijpt.

Tammo komt op me af en vraagt, alsof er niets gebeurd is, waarom ik zo ernstig kijk. Ik vertel hem over Maja, dat ik begrepen had van Johan dat het niet de bedoeling is dat we met de schrijvers gaan smoezen. Zegt Tammo dat hij dat best begrijpt! 'Ik doe dat ook wel eens, niet om te slijmen, maar om te informeren wat er met mijn rol gaat gebeuren. Laten zien dat je meedenkt kan nooit kwaad.'

Ik ben van zijn antwoord zo in de war dat ik Do vraag wat zij ervan vindt. 'Nooit doen,' zegt ze beslist, 'die schrijvers hebben ook een leuke avond. Ze aan hun kop zeuren over jouw rol is fout. Dat doe je gewoon niet. Maja slijmt met de hele wereld en geloof mij maar, het levert niks op. En als Tammo er ook zo over denkt, is hij ook een slijmerd.'

Dat komt hard aan.

Als we dansen, vergeet ik het voorval. Nog nooit heb ik met een jongen gedanst als met Tammo. Ho! Eerlijk is eerlijk, Percy kon er ook wat van.

Hij blijft bij me slapen.

Terwijl ik de volgende morgen thee zet, moet ik weer aan Maja denken. En aan Tammo's reactie. Er zit iets hards, iets berekenends in Tammo waar ik niet van hou. Dat hij boos op me is en me een hele dag en op het sinterklaasfeest negeert en dan ineens doet alsof er niets aan de hand is, begrijp ik ook niet.

29

Ik ben er nu aan gewend dat ik een bekende Nederlander ben. Dat merk ik vandaag nog eens extra.

We hebben een buitenopname. Dat vind ik het spannendste van het hele soapgebeuren. Als ik een scène buiten de veilige studio heb en er staat publiek te kijken. De eerste keer, alweer maanden geleden, wist ik niet waar ik kijken moest. Schaamde me dood. Wilde me het liefst verstoppen. Wildvreemden die om mijn handtekening vragen en met me op de foto willen! Die naar me staren alsof ik net van de maan ben gekomen. 'Wij kijken iedere avond en als we met vakantie zijn, neemt mijn dochter het op,' zei een mevrouw en ik had bijna geantwoord dat ze dan niet goed bij d'r hoofd was.

Dat was bijna een paar maanden geleden. Vanmorgen werd ik wakker en dacht: 'Hoi, vandaag buitenopname!' Ben ik dan zo veranderd? Dat moet wel. Ik vraag nu ook naar het kijkcijfer, hoe we scoren en of er post voor me is.

Als ik op de studio af loop en er staan mensen, loop ik langzamer en ik neem alle tijd om me te laten fotograferen.

We gaan met een busje naar Brielle. Tatiana zit voor me, ze is gisteren doorgezakt en wil slapen. Ze stapt in, mompelt 'ik háát buitenopnames' en laat zich op de voorste bank vallen. Carola kijkt van haar naar mij en fluistert: 'Aanstelster, mevrouw de actrice hoor.'

Onderweg vertelt Carola dat Daniëlle getrouwd is geweest, dat ze een kind kreeg dat stierf toen het vier jaar was en dat haar man is weggelopen. Dat ze daarom weer haar oude vak van grimeuse heeft opgepakt. 'Een geweldig mens,' zegt Carola. 'Als je dit hebt meegemaakt en dan iedere dag vrolijk bent, altijd klaarstaat voor iedereen, ik heb daar enorme bewondering voor.'

Iedere dag krijg ik meer het gevoel bij een familie te horen. Verwaarloos ik daarom mijn eigen familie? Ik ben al in drie weken niet thuis geweest.

'Is dat slecht van me?' vraag ik Carola nadat ik haar over thuis verteld heb.

'Slecht, wat is slecht,' antwoordt ze na een tijdje, 'moeilijke vraag. Ik loop al een hele tijd mee in dit bedrijf, ben van het begin af aan bij de soap, heb al zo het een en ander met de dames en heren acteurs en actrices meegemaakt. Ik zou je een heleboel kunnen vertellen, maar... laat ik het hierbij houden. Als je zo jong bent als jij en nog onervaren, loop je het risico met je hele hebben en houden in de soap te duiken. Dat je geen afstand kunt bewaren en vergeet dat het in de eerste plaats gewoon werk is. Dat het hele randgebeuren, daarmee bedoel ik alles om het werk heen, de bekendheid en zo, te belangrijk wordt. Je moet nooit vergeten dat je niet eeuwig in de soap zit, dat het tijdelijk is. En je thuis blijft altijd.'

Ik weet niet wat daarop te zeggen. Net als ik aan mezelf wil bekennen dat ik slecht ben, zijn we er.

Ik stap uit, daar staat Pim die roept: 'Goed dat je er bent, Lauren,' en ik moet lachen om Tatiana die zich aanstellerig tegen hem aan laat vallen. Ik kijk naar de geluidswagen, de mannen die de straat hebben afgezet, het publiek achter hekken, de lampen op hoge statieven en ben het gesprek met Carola vergeten.

Het is eigenlijk een korte scène, maar mooi dat we er een dag mee bezig zijn. Tatiana komt uit een winkel, ik loop door de straat en kom haar toevallig tegen en dan krijgen we ruzie. Iemand toevallig tegenkomen lijkt makkelijk, maar ik heb nu al drie keer van Pim te horen gekregen dat hij kan zien dat ik wéét dat Tatiana uit de winkel komt. 'Ben je al eerder in die straat ge-weest?' vraagt Pim. 'Of kom je er voor het eerst?'

Ik moet eerlijk toegeven dat ik daar niet over heb nagedacht. 'Volgens mij ben ik er nog nooit geweest,' gok ik.

'Gebruik dat dan, kijk om je heen en vergeet dat er iemand uit een winkel kan komen,' zegt hij.

We doen het nog een keer en het helpt. Ik concentreer me op de straat, kijk naar etalages, vergeet dat de mevrouw die me al drie keer tegemoet is gekomen een figurant is en bots spontaan tegen Tatiana op. Ik voel zelf dat mijn 'Hé Samanta, wat doe jij hier?' er spontaan uit komt.

Pim is tevreden en nu pas merk ik dat er overal mensen naar me staan te kijken. Een oudere mevrouw komt op me af, duwt een velletje papier in m'n hand en vraagt of ik daar mijn handteke-ning op wil zetten. 'Voor mijn kleindochter, ik kijk nooit, dat moet je niet erg vinden, maar die kleine meid slaat geen avond over.' Ze wil een praatje beginnen maar daar staat mijn hoofd niet naar. Ik ren naar de cateringkar, pak een broodje en vraag Tatiana of we de scène even zullen doornemen. Daar komt niks van, want Sofie roept dat we kunnen draaien.

Algauw ben ik de tel kwijt hoe vaak we onze ruzie hebben gedaan, want steeds moet het over. De ene keer moet de ruit van de etala-ge worden afgeplakt omdat de zon erin schijnt, dan weer zijn er te veel bijgeluiden en als ik denk dat het er eindelijk op staat komt Sofie melden dat Tatiana tijdens de voorlaatste opname – in vak-taal 'take' – haar tas in haar linkerhand had en de laatste keer in haar rechter. Pim gaat op de monitor kijken of dat zichtbaar is en ja hoor, het moet over. Ik pep me nog een keer goed op, denk dat ik alles wat er aan woede in me huist heb gespeeld, maar krijg te horen dat ik de vorige keer feller was. Dit keer vind ik het erg ver-velend dat er zo veel mensen staan te kijken...

Als we klaar zijn met draaien vraagt een jongen, die ook nog es niet in z'n eentje toekijkt maar midden in een groep jongens en meisjes van mijn leeftijd staat, of ik het erg vind het zo vaak over te moeten doen. Zo onverschillig mogelijk antwoord ik: 'Helemaal niet, dat hoort bij het vak.'

De groep kijkt me lacherig aan en ik krijg er goed de pest in. Gelukkig staat Pim ineens naast me en zegt: 'Dat was uitstekend, Lauren, die laatste take houden we.'

Omdat we zo hard gewerkt hebben, stelt Pim voor een hapje te gaan eten in restaurant De Hoofdwacht in de Wellersteeg.

Tatiana komt tegenover me zitten en zegt dat ze hier al eerder gegeten heeft. Toen ze met een toneelstuk op tournee was. Ineens voel ik me heel erg een beginneling. Ik ben nog nooit op tournee geweest, wat stelt mijn ervaring bij Pinokkio voor vergeleken bij al haar ervaring?

Het wordt er nog erger op, want voor me op tafel ligt een folder van Theater De Goote. Ik bekijk foto's van bekende acteurs en actrices, die allemaal in dat theater in Brielle komen spelen. Alsof ze het erom doet, wijst Tatiana enthousiast de een na de ander aan en vertelt met wie ze gespeeld heeft, wie ze ge-wel-dig vindt en wie volgens haar 'niet eens in de buurt van een toneel zouden mogen komen'. En voor het eerst sinds ik in de soap zit, vraag ik me af wat ik eigenlijk met mijn leven wil. Nog maar een kwartier geleden hoorde ik mezelf het woord 'vak' gebruiken. Maar ben ik nou echt bezig met een vak?

30

Ik ben behoorlijk van slag.

Het was me nog niet eerder opgevallen, maar niet iedereen doet alleen de soap. Sommigen zitten ook in een toneelproductie, anderen doen reclamewerk. In de green room gonst het altijd van verhalen wie met wat naast de soap bezig is. Tammo gaat vaak naar cafés in Amsterdam waar collega's komen – hij zegt collega's! – en regisseurs. 'Ik moet wel,' zei hij toen ik vroeg waarom hij dat deed, 'soap is heel aardig, maar je moet oppassen dat ze je niet vergeten. Ik ga er alleen maar heen om mijn gezicht te laten zien.'

Eerst durfde ik het niet te vragen, maar toen vroeg ik het toch. 'Moet ik daar dan ook naartoe?'

Tammo keek bedenkelijk, haalde zijn schouders op en antwoordde: 'Alleen als je weet wat je wilt.'

Ik had gehoopt dat we daar langer over zouden kunnen praten, maar dat was kennelijk niet zijn bedoeling. Tammo heeft de toneelschool gedaan, beweert om de zo veel maanden dat hij uit de soap stapt maar hij zit er nog steeds in, al vanaf het begin. Ik zei een keer dat ik vond dat hij zo kritisch was, dat het leek of hij alleen zichzelf goed vond. Dat vond hij geen grappige opmerking. 'Is ook niet grappig bedoeld,' zei ik.

'Je moet kritisch blijven,' zei hij. 'Ik ben heel kritisch op mezelf. Waar haal je het vandaan dat ik kritiek heb op de anderen?'

Ik zei maar niks, want ik haat ruzie. En met Tammo heb je ruzie voordat je het weet.

't Is ook gauw over bij hem. Vaak denk ik: nu maakt-ie het uit en dan is-ie ineens poeslief.

Vandaag heeft hij vrij. Dat vind ik jammer, want ik had hem willen vragen of hij vindt dat ik er iets bij moet doen. Of hij daar een idee over heeft.

De deur van mijn kleedkamer wordt opengegooid en Do stormt binnen. 'Ik ben aangenomen,' gilt ze. 'Ik heb een rolletje in...' Ze gaat zo uit d'r dak dat ik niet versta waarvoor ze is aangenomen. Ze straalt van opwinding en vertelt dat ze, zonder het aan iemand te zeggen, auditie heeft gedaan en net gehoord heeft dat ze is aangenomen.

'Ga je dan uit de soap?' vraag ik en het lukt me niet mijn teleurstelling te verbergen. Do ziet het niet en gaat onverminderd enthousiast door. 'Ik heb het nu vier jaar gedaan, ik vind het nog steeds enig maar ik ben wel toe aan iets anders. Zingen en dansen zijn toch mijn kwaliteiten' – ze trekt een komisch gezicht en ik moet lachen – 'dus ik ben hartstikke blij dat ik nu de kans krijg.' En weg is ze. Ik hoor haar in de gang gillen. Nog steeds versta ik de naam van de musical niet.

Dit weekend ben ik thuis.

'Het werd tijd', zegt mijn moeder, 'hoeveel weken heb ik je al niet gezien?'

Chrisje springt tegen me op. Ik moet bijna huilen, zo blij ben ik te zien hoe blij hij is.

Maar nog blijer ben ik over mijn vaders reactie. Hij komt vanuit de tuin binnen, ziet me, spreidt zijn armen en drukt me tegen zich aan. Dat doet me wel wat. Best veel.

'Daar hebben we onze Meryl Streep,' zegt hij lachend, en dat is een compliment want hij weet niks van film, maar alles van Streep.

Hij drukt een zoen op mijn haar en dan lijkt het alsof hij verstrakt en laat hij me los. Alsof hij vindt dat hij iets doet wat niet mag.

Mijn moeder staat zenuwachtig toe te kijken en roept ineens: 'Ik bel Chantal, vraag jij Karin of ze komt,' maar daar heb ik helemaal geen zin in. Ik wil alleen met mijn ouders zijn, met Chrisje, wil vragen of Albert komt, maar mijn moeder moet altijd mensen om zich heen hebben. Ik weet dat mijn vader daar niet van houdt en zie je wel, dat blijkt ook nu weer.

'Lauren is net binnen, waarom moet jij die Chantal bellen, kan ik dan nooit één dag in mijn eigen huis zijn zonder dat mens,' roept hij kwaad.

Mijn moeder heeft Chantal aan de lijn, legt haar hand op de telefoon en antwoordt snibbig: 'Jij moest toch zo nodig naar je voetbal?'

Mijn vader stormt naar de deur, beheerst zich en zegt met ingehouden woede: 'Dat was ik niet van plan, ik wilde thuisblijven vanwege Lauren, maar nu laat ik je alleen met je dochter... én je vriendin.'

Nog geen tien minuten thuis en alweer ruzie. Om mij? Dat dacht ik vroeger, nu weet ik wel beter.

Mijn moeder weet niet wat ze moet zeggen. Ze steekt een sigaret op en vraagt of ik koffie wil. Ik trek Chrisje bij me op schoot en probeer naar zijn verhalen over school en zijn vriendje Hugo te luisteren. Midden in zijn verhaal slaat hij ineens zijn armen om me heen en vraagt of ik thuisblijf. Mijn moeder hoort dat en roept vanuit de keuken: 'Je blijft toch het hele weekend, Lauren?'

Ik heb er geen seconde aan gedacht niet het weekend te blijven, maar door die ruzie weet ik het niet meer. Chrisje op schoot, mijn vader boos de deur uit en mijn moeder die zo nodig haar vriendin moet bellen, het is allemaal anders dan ik me had voorgesteld. 'Komt Albert nog?' vraag ik.

Mijn moeder komt binnen met de koffie en verzucht: 'Dat weet je bij Albert nooit. Soms komt hij weken achter elkaar, dan zie je hem maanden niet.'

Ik bel Karin.

'Ik kom in de loop van de middag.'
Karin die niet meer gilt: 'Bolk, ik ben over vijf minuten bij je,' maar onverschillig antwoordt dat ze in de loop van de middag komt.

'Zit daar nou niet zo zwijgend voor je uit te kijken,' zegt mijn moeder. 'Ik heb me erop verheugd, vertel hoe het met je gaat.'

Ik wil mijn mond opendoen, maar er wordt aangebeld. Chantal drukt me fijn en is overduidelijk blij me te zien. 'Wat zie je er fantastisch uit, je hebt wéér ander haar, staat je geweldig,' roept ze en ik vind het leuk haar te zien. Net vond ik het nog stom dat mijn moeder haar belde, maar nu ben ik blij dat ze er is. Ik ken Chantal al mijn hele leven maar het is net alsof ik haar vandaag voor het eerst zie. Alsof ik voor het eerst voel hoe hartelijk ze is, hoe geïnteresseerd en hoe blij ze is mij te zien. Ze komt vlak naast me zitten, legt steeds een hand op mijn arm en... is zo jong. Mijn moeder doet jong, Chantal is jong. Mijn moeder stelt vragen over de soap, maar het zijn allemaal vragen over de buitenkant. Vragen die iedereen stelt en vooral vragen over succes en populair zijn. Chantal vraagt hoe het met me is. Of ik het werk nog steeds fijn vind, of ik leer van mijn ervaringen, met wie ik veel omga, hoe het is om in Amsterdam te wonen. 'Voel je je wel eens alleen?' vraagt ze heel direct, en op zo'n vraag zit ik te wachten. Merk ik. Niet aan mijn moeder maar aan Chantal vertel ik dat ik best wel eens alleen ben, verlang naar mijn leven toen ik nog op school zat, dat ik steeds meer pieker over de soap, over hoe lang nog en wat erna. Chantal wil daarover doorpraten maar mijn moeder komt steeds tussenbeide met onbenullige opmerkingen of grappig bedoelde zinnetjes. Het gekke is dat ik, terwijl ik vertel, steeds enthousiaster word en, na een tijd waarin ik wel eens begon te twijfelen, tot mijn opluchting ontdek dat ik niets liever wil dan in de soap blijven.

Dat enthousiasme wordt nog sterker als ik met Karin ben. Luisterend naar haar verhalen over haar werk en haar dagelijkse leventje voel ik een enorme afstand tussen ons. Karin heeft voorgesteld naar 'ons' café te gaan en daar zitten we als oude vriendinnen te kletsen. Maar net niet zoals vroeger. Ik moet denken aan hoe mijn moeder een keer in de kamer zat met een vrouw die ze in twintig jaar niet had gezien en met wie ze vroeger dik bevriend was geweest. Na afloop zei ze: 'Ik vond het enig haar gesproken te hebben, maar we zijn uit elkaar gegroeid. Wat ons bindt is die tijd die voorbij is.' Dat gevoel heb ik terwijl ik aan hetzelfde tafeltje voor het raam zit waar Karin en ik iedere week zaten. We vertellen, lachen veel maar zijn alleen die vriendinnen die we waren als we over vroeger praten. Karin begrijpt mijn leven niet; wat ze toen ik in de soap kwam allemaal geweldig interessant en spannend vond, zegt haar niks meer. En ik kan me niet voorstellen wat er opwindend is aan oude mannen wassen en aan patiënten voorbereiden op hun operatie.

Ik doe alsof ik het niet erg vind dat Karin niet meer naar de soap kijkt, maar het steekt me wel. Iets van de intimiteit tussen ons komt terug als ik vertel over Tammo, en zij over een jonge dokter op wie ze stapelverliefd is. Als ze door het hele café gilt: 'Ik ben nog nooit zo gek op een vent geweest,' klap ik dubbel. En Karin kruipt bijna in me als ik het over Tammo heb. Maar als ik voorstel dat ze bij mij komt eten, vraagt ze om de rekening en antwoordt dat ze echt niet kan omdat ze beloofd heeft bij haar ouders te eten.

We verlaten het café en met de fiets aan de hand nemen we afscheid.

'Kom je binnenkort nog eens naar Amsterdam?' vraag ik.

'Voorlopig zit het er niet in, misschien na mijn examen.'

Naar huis fietsend schiet door mijn hoofd dat ook Karin vroeg of ik naast de soap nog iets anders doe. Omdat ik 'toch niet eeuwig in die soap kan blijven'...

31

Er is een nieuw meisje in de soap gekomen en Tammo is verliefd op haar. Hij ontkent het, maar ik weet het zeker. Zulke dingen voel je, ruik je. Hij doet zo opvallend zijn best uit haar buurt te blijven dat ik alleen daardoor al weet dat hij haar geweldig vindt. Het kost me moeite het toe te geven, maar ik kan best zien dat ze er geweldig uitziet. 'Een stuk,' zegt iedereen en zelfs Yoeri is vriendelijker tegen haar dan ik hem ooit gezien heb. 'Naast mij is nog een plek vrij, Mirjam,' zegt hij met zijn meest charmante lach. Als ik niet wist dat Tammo verliefd op haar is, zou ik haar ook aardig en een stuk vinden. Maar ik ben zo jaloers dat ik de stomste dingen zeg. 'Dat nieuwe meisje is een aanwinst,' zei Paul gisteren. 'Ze acteert heel natuurlijk en het is goed te zien dat ze hiervoor meer gedaan heeft.' Waarop ik, en ik kon mezelf wel voor m'n kop slaan, antwoordde met: 'Jullie mannen kijken alleen naar het uiterlijk.'

Daniëlle, die alles weet, alle roddels als eerste hoort, merkte direct wat er met me aan de hand is. 'Mirjam is een heel aardig meisje,' zei ze. 'Als je Tammo wilt houden, moet je vooral niet jaloers doen. Daar houden mannen niet van. Laat hem maar, dan zul je zien hoe snel het overgaat. Tammo is een ijdel ventje, dat heb ik je al heel in het begin gezegd. Hij kan niet zonder aandacht en bewondering. Ik weet hoe dol hij op je is. Denk er maar aan hoe Sandra dit zou aanpakken.'

'Sandra, hoe kom je daar nou bij. Ik weet niet of je het weet, maar ik ben Lauren.'

Daniëlle negeerde mijn gekwetste toontje. 'Blij dat je me daaraan herinnert, meisje. Ik probeerde alleen maar uit te leggen dat je misschien iets van je rol kunt leren. Ik kan ook zeggen dat je naar Tatiana of Marjo zou kunnen kijken, hoe die zouden reageren. Ik nam Sandra omdat je je daar dagelijks mee bezighoudt. En die zou haar jaloezie verbergen en juist extra lief tegen haar vriend doen.'

Ik keek naar haar en mezelf in de spiegel en verzuchtte dat ik ernstig betwijfelde of ik dat zou kunnen.

En ik kan het niet.

Vanmorgen kom ik de green room binnen en daar zit Tammo met haar aan tafel.

Ik weet dat hij een scène met haar heeft en dat het dus doodnormaal is dat hij die met haar repeteert. 'Lauren, kom bij ons zitten,' roept Tammo en Mirjam biedt aan koffie te halen. Maar ik roep terug dat ik naar mijn kleedkamer ga en dat ik nog iets met Sjors moet bespreken. Niks van waar, maar ik kan het niet opbrengen naast ze te gaan zitten.

Daar heb ik nu spijt van.

Ik weet dat Daniëlle gelijk heeft. Dat ik Tammo kwijt ben door mijn stomme jaloezie, maar ik kán het gewoon niet. Ik zit misselijk van jaloersheid in mijn kleedkamer te wachten totdat hij komt. Kijk in de spiegel naar mijn eigen hoofd en schrik van wat ik zie. Zo veel woede. Eindelijk komt hij. In plaats van lief te vragen of het lekker ging, zeg ik: 'Je komt me zeker vertellen hoe goed het ging.' Dat is precies waar hij op zit te wachten.

'Je gedraagt je als een verwend kind, ik heb daar helemaal niks mee, als je zo doorgaat heb ik er genoeg van.'

Ik wil wat terugzeggen maar hij stormt mijn kleedkamer uit.

Ziezo, dat is duidelijk, denk ik. Tot mijn verbazing voel ik weinig. Als ik iets voel, is het opluchting.

Het is net alsof die klomp jaloezie uit mijn maag glijdt. Want dat ik me zo opwond over Mirjam had niks met verliefd zijn te maken, al helemaal niks met houden van, dat had alleen maar te maken met verschrikkelijk jaloers zijn. Kortgeleden had ik een scène waarin Willemien tegen me zei: 'Liefde en jaloezie gaan niet samen, Sandra.' Ik hoefde er niets op te antwoorden. 'Sandra kijkt recht in de camera' stond er tussen haakjes. Ik doe dat dan braaf en doe m'n best een diepe blik te produceren. En nu zit ik als Lauren voor de spiegel, mijn camera, en ik hoef niks te spelen want ik begrijp dat ik jaloers als de ziekte was en dat liefde en jaloezie inderdaad niet samengaan. Want wat ik al wel eens vagelijk dacht, maar vooral niet wilde denken, durf ik nu toe te geven: Tammo en ik zijn in een sleur terechtgekomen.

Onze gesprekken gaan over de soap. Dat er een wereld buiten de soap is, dringt niet tot ons door. Ik weet dat al een tijd, maak me er zorgen over, maar er met hem over praten lukt niet. Als ik diep in m'n hart kijk, ben ik eigenlijk blij dat Mirjam erbij is gekomen. Nu is er tenminste iets gebeurd.

Om maar iets te doen pak ik mijn kam, maar de deur gaat open en daar is Tammo weer. 'We moeten samen praten,' zegt hij.

'Dat hoeft niet,' zeg ik. 'Ik heb een vermoeden wat je wilt zeggen en ik heb daar geen probleem mee.'

Tammo kijkt me gekwetst aan. 'Je gaat nu wel heel erg snel.'

'We kunnen er nog een hele middag over doen, maar waar het op neerkomt, is dat we genoeg hebben van elkaar. Ik was jaloers, dat geef ik toe. Maar dat is over. Ik had al een tijdje mijn twijfels, ik denk dat Mirjam op het juiste moment komt.'

'Nou, dat weten we dan,' zegt Tammo.

'Maar dat betekent niet dat ik boos op je ben, wat mij betreft kunnen we gewoon vrienden blijven,' zeg ik.

'Geen drama.' Tammo lacht en ik lach een beetje mee. Hij wil naar me toe komen maar dan kent hij me toch slecht. Uit is uit. 'Ga nou maar, je hebt dadelijk nog een scène met haar.'

Hij wil nog wat antwoorden, maar bedenkt zich. 'Nou, dat is het dan, ik weet niets te zeggen,' zegt hij bij de deur.

'Dat gebeurt niet vaak, dat jij niets weet te zeggen.'

We lachen allebei en ik vecht tegen mijn tranen. Heb ik ooit zoveel van hem gehouden? Wil ik dat hij naar me toekomt? Waarom staat hij maar bij die deur?

'Nou, dan ga ik maar.'

Ik ben alleen. Kijk in de spiegel en zeg tegen mezelf dat het dus zo gemakkelijk gaat. Maanden leef je met iemand, je denkt alles van elkaar te weten en dan hoor je jezelf zeggen dat je gewoon vrienden kunt blijven.

Daniëlle kan tevreden zijn. Ik heb als Sandra gereageerd.

's Avonds thuis reageer ik als Lauren. Ik huil zó hard dat de hond beneden begint te blaffen. Ik huil omdat ik boos ben. Woedend dat het zo stom moest eindigen. Dat Tammo helemaal niets terugzei. Dat hij onmiddellijk accepteerde dat het uit was. Dat hij niet eens zei 'ik geef niks om Mirjam, ik hou van jou'. Dat hij slap naar de deur liep en niets beters wist te verzinnen dan 'nou, dan ga ik maar'.

Als ik ben uitgehuild, moet ik erom lachen. En hardop zeg ik een paar keer: 'Nou, dan ga ik maar.' Ik was mijn gezicht en zeg in de spiegel: 'Wat had-ie anders moeten zeggen?'

Ik bel Do en vertel haar dat het uit is. Ze zegt dat ze er niet van opkijkt. 'Tammo is nog veel te veel met zichzelf bezig,' zegt ze. Ik wou dat ze naar me toe kwam, dan zou ik durven vragen of ze vindt dat ik ook veel te veel met mezelf bezig ben.

De volgende dag doe ik iets wat ik nooit gedacht had te zullen doen. Ik bel Albert met de vraag of hij ergens iets met me wil drinken.

'Er is zeker iets ernstigs gebeurd, ik kan me tenminste niet herinneren dat jij mij ooit eerder gebeld hebt. Zeg maar waar je me wilt zien.' Ik noem een café en een uur later zitten we tegenover elkaar. Hij kent Tammo alleen maar als Bob, dus erg ondersteboven is hij er niet van. 'Ach, zus,' zegt hij lachend, 'je zult nog zo vaak verliefd worden. Je ziet er niet onaardig uit en door al die aandacht die je krijgt, gaan de dingen wat sneller dan normaal het geval zou zijn.'

Ik zou dat vroeger een hard, onverschillig en typisch Albert-antwoord hebben gevonden. Nu doet zijn duidelijkheid me goed. Binnen de kortste keren vertel ik over de afgelopen maanden met Tammo, alsof het jaren geleden is dat ik hem kende. Vlak voor we opstaan kijkt Albert om zich heen, buigt zich naar me toe en zegt: 'Vergeet niet dat Karel nog steeds op je wacht!'

Ik moet lachen en doe alsof ik niet hoor dat ook Albert vraagt hoe lang ik denk nog door te gaan met de soap.

Als ik thuiskom, bel ik mijn moeder. 'Het is uit met Tammo,' zeg ik, en ik verwacht dat ze daar een uur over zal praten. Ze zegt: 'Het is nu even erg, maar dat is over een week voorbij.' Dat is wat je noemt een koude douche. En dan zegt ze iets wat ik zo gemeen vind dat ik er nog een uur woedend om ben. 'Ik kan er weinig over zeggen want je hebt hem nooit mee naar huis genomen. Ik ken hem dus niet.'

'Alsof dat er iets mee te maken heeft,' krijs ik en hang op.

Ze belt niet terug.

Ik sta nog een hele tijd met de telefoon in mijn hand om terug te bellen. Net als ik denk: ze kan barsten, gaat hij over.

'Ik had dat niet moeten zeggen.' Mijn moeder, met een heel andere stem.

''t Is al goed.'

Een tijd niks. Dan zegt ze: 'Kom maar een keer, als je kunt, het een en ander vertellen.'

Voor het eerst sinds maanden verlang ik naar huis. 'Doe ik.'

Ik heb er behoorlijk tegen opgezien Tammo weer te ontmoeten, maar dat gaat wonderbaarlijk goed. Alsof er nooit iets gebeurd is. Alsof je de ene dag verliefd kunt zijn en de volgende goede vrienden. Ik zit schuin tegenover hem in de green room, kijk naar hem en vraag me af of we allebei de afgelopen maanden echt verliefd geweest zijn, of dat de rollen die we spelen met ons aan de haal zijn gegaan. Of Lauren en Tammo door Bob en Sandra te spelen zichzelf kwijt waren. Ik moet ineens denken aan die keer, alweer een hele tijd geleden, dat iemand tijdens een opname tegen een statief op liep en dat Tammo daar waanzinnig boos om werd. Ik vond hem toen gewoon ontzettend onsympathiek. Later heb ik dat vaker gevonden, maar dan verontschuldigde ik hem tegen beter weten in. Tammo denkt alleen aan zichzelf en aan wat hij zijn carrière noemt. Hij beredeneert alles, kan zich nooit es lekker laten gaan. Hij imponeerde mij en dat ik zijn vriendin was, vond ik stoer. Als ik eerlijk ben, moet ik bekennen dat ik het niet uit mezelf had kunnen uitmaken. Over een tijd misschien, maar niet nu. Gisteren heb ik flink liggen huilen, vandaag voel ik me vrij. Ik denk dat ik daarom vandaag al zo soepel met hem om kan gaan.

Ik ken hem zo goed dat ik zie dat zijn ijdelheid behoorlijk gekwetst wordt door mijn gedrag. Op weg naar de eerste scène van vandaag blijft hij achter de anderen lopen, draait zich om en vraagt bezorgd: 'Gaat het?' Ik zie in zijn ogen dat hij een andere reactie verwacht dan mijn vrolijke 'met mij gaat het prima hoor'.

32

En het blijft prima met me gaan.

Als ik naar de anderen kijk, denk ik wel eens: wat maken ze zich toch druk over hun verhaallijn of hoeveel scènes ze per week hebben. Dat ik meedoe is voldoende. Tammo vond dat de verkeerde instelling, ik voel me er best bij. Ik doe iets wat me eigenlijk weinig moeite kost en wat ik hartstikke leuk vind. En ik verdien er nog goed mee ook. Albert vroeg een keer of ik niet lui was en dat heb ik natuurlijk heftig ontkend. Maar als ik mezelf vergelijk met Tammo of Tatiana dan ben ik lui, ja.

Ongemerkt ben ik wel steeds meer gaan roken en drinken. Op de een of andere manier heb ik daar behoefte aan. Hoort het bij zoals ik me voel. Ik geniet van de spanning, van de zenuwen en van het gevoel na afloop van een scène. Ik moet er niet aan denken dat ik dat zou moeten missen.

Als mensen me op straat aanspreken vind ik dat normaal. Het spontane van het begin is eraf. Ik verwacht eigenlijk dat ik herkend zal worden.

Dat ik minstens twee keer zoveel verdien als Karin vind ik ook normaal. Terwijl zij zich zeven dagen in de week rot werkt en ik hoogstens vier dagen bezig ben, en dan lang niet een hele dag. Soms heb ik een week geen opnames, ben ik vrij terwijl ik gewoon word doorbetaald. Wie kan dat zeggen? Vaak lummel ik uren in de green room of hang in een stoel bij Daniëlle.

Ik vind het belangrijk dat iedereen me aardig vindt.

Dat merkte ik toen Hans Willemse de soap verliet. Ik heb nooit goed met hem kunnen opschieten, vond hem van de vier regisseurs de minste. Hij mocht mij ook niet en dat liet-ie me duidelijk merken. 'Alleen je tekst uit je hoofd leren is niet voldoende, Lauren,' zei hij een keer, waar iedereen bij stond. Ik kon wel door de grond zakken, schaamde me dood.

Veertien dagen geleden kwam er een nieuwe regisseur. Heb ik me toch aangesteld! Ik wilde gewoon dat-ie me aardig zou vinden. Strak truitje aan, spijkerbroek en m'n nieuwe laarzen. Allemaal om indruk te maken! Zou ik vroeger nooit gedaan hebben. Kortgeleden kwam ik Maureen tegen op de Dam. Ze deed zo enthousiast dat ze me zag dat ik het geloofde en voorstelde iets te drinken. 'Wat ben je veranderd, Lauren,' riep ze, terwijl ze me van top tot teen bekeek. 'Ik kan zien dat je gelukkig bent.' We hebben een hele middag zitten kletsen en ik kan niet anders zeggen dan dat ik haar zowaar aardig vond. Echt geïnteresseerd en niet van die domme vragen. 'Vertel over jezelf,' zei ze een paar keer, 'hoe je je voelt en hoe je met die bekendheid omgaat.' Zelfs toen ze riep dat ze het stom vond dat ik 'of all people' verliefd was geworden op 'die Bob' vond ik haar aardig.

Ik vond het jammer toen ze zei dat ze een andere afspraak had. En ze vroeg niet om mijn adres.

Uit alles waar we over gesproken hadden, bleef één zinnetje hangen. Dat was haar vraag of ik gelukkig was.

'Heel erg,' antwoordde ik.

De ontmoeting met Maureen is alweer ruim een maand geleden, maar zou ze het me vandaag weer vragen dan zou ik hetzelfde antwoord geven.

33

Ik ben gelukkig. Of maak ik dat mezelf wijs?

Dwing ik mezelf te geloven dat ik er niet kapot van ben dat het uit is met Tammo? Want waarom denk ik zodra ik alleen ben aan hem? Was ik veel verliefder op hem dan ik wil toegeven?

Soms moet ik aan dingen denken die op het moment dat ze gebeurden helemaal niet zo belangrijk waren.

Zo zit ik nu op mijn kamer, probeer te lezen maar moet ineens denken aan Inga. Een halfjaar geleden kwam ze bij de soap. Ze viel niet op, daarvoor was ze veel te verlegen en te stil. Ik had gehoord dat ze uit Oekraïne kwam en toen ik op een ochtend de green room binnen kwam en zij de enige was die er zat, moest ik wel bij haar gaan zitten. Ik bedoel dat het wel heel erg stom en onaardig zou zijn geweest als ik een eind verderop zou zijn gaan zitten. Ik vroeg of Inga een Oekraïense naam was en moest lachen toen zij antwoordde: 'Nee, een Zweedse.' Hoe dat dan zat, vroeg ik en zij vertelde. Wat ze precies vertelde weet ik niet meer, het had met een oma te maken geloof ik. En dat was een Zweedse. Ik vond haar aardig en schaamde me eigenlijk dat ik haar tot nu toe zo genegeerd had.

Een paar dagen later stond ze met Tammo te praten. Ik was niet van plan mee te luisteren maar kon het toch niet laten. Inga vertelde dat ze een vriend had, waarop Tammo vroeg wat ze samen deden als ze niet werkte. 'Dan gaan we wandelen,' zei Inga. Tammo moest daar om lachen en vroeg of ze nooit met haar vriend uitging. 'Daar hebben we geen geld voor,' antwoordde Inga, 'we sparen zoveel mogelijk.' Toen zag ik dat Tammo haar geld gaf! 'Honderd euro,' riep Inga, 'dat wil ik niet aannemen,' maar Tammo weigerde het terug te nemen. 'Je moet niet zo hard praten,' zei hij. 'Ik verdien genoeg en ik vind het leuk dat te doen, als je het niet aanneemt verscheur ik het geld.'

Ik was bijna naar hem toe gerend om hem te zoenen. Ik hield van hem. Maar tien minuten later stond hij in een groep stoer te doen en mijn mooie verliefde gevoel verdween. Ik ben verliefd op hem geworden om die zachte kant in hem. Maar die zie ik te weinig. Waarom hij die verbergt, ik ben er niet achter gekomen. Er schiet me nog iets te binnen: Do en ik zijn een paar uur vrij. We zitten in haar kleedkamer te kletsen. Vraagt ze ineens: 'Heb jij eigenlijk veel vriendjes gehad?'

'Waarom wil je dat weten?' zeg ik.

'Nou, ik zag je gisteren in een scène met Marco, hoe je met hem stond te vrijen en toen vroeg ik me af wat Tammo hiervan zou vinden. En dat je daar toch wel heel geraffineerd bezig was.'

Ik wilde haar geen antwoord geven, dus zei: 'Dat zijn twee vragen. De eerste of ik geraffineerd ben en de tweede wat Tammo vindt.'

Do lachte en zei dat ik niks hoefde te zeggen als ik dat niet wilde. Het gekke was dat ik ineens wilde praten. Dus vertelde ik dat Tammo jaloers was, dat hij al een paar keer gevraagd had of ik Marco leuk vond, maar dat hij nooit verder wilde praten. 'Weet je Do, Tammo is echt heel erg lief als we alleen zijn, maar zodra er iemand bij komt is hij zo anders dat ik hem... hoe zal ik het zeggen... dat hij een vreemde voor me is. Gewoon iemand uit de soap met wie ik toevallig veel scènes heb. Ik weet dus niet goed wat ik met hem aanmoet. Het komt erop neer dat er een Tammo is waar ik van hou en een Tammo die ik stoer, ongevoelig en erg met zichzelf tevreden vind.'

Do zei een tijdje niets en toen: 'Ik vind jou niet iemand om je nu al aan een jongen te binden. Ik zeg het je eerlijk.' Daarna vroeg ze of ik vaker verliefd was geweest.

'Zoals op Tammo niet, wel dat je denkt dat je verliefd bent maar dat het dan eigenlijk niks voorstelt.' Want met een ander, zelfs al is het Do, over mijn verliefdheden praten, dat hoef ik niet. Bovendien zou ik niet weten wat ik voor interessants te melden zou hebben.

34

'Lauren, ik heb een nare mededeling voor je: je verhaallijn houdt op.'

Achter Johan hangt de foto van de cast die een halfjaar geleden gemaakt is, ik sta in het midden naast Do. Vlak voor de foto gemaakt werd heb ik Do gevraagd of mijn haar goed zat. Johan schijnt iets tegen me gezegd te hebben, maar het is niet tot me doorgedrongen wat hij gezegd heeft. Hij kijkt me niet-begrijpend aan. Ik heb ineens zin om te lachen, gek te doen. Wat zei hij nou? 'Ik begrijp dat het een schok voor je is, maar eromheen draaien heeft geen zin.'

'Wat zei je eigenlijk?'

Hij kijkt me aan alsof ik hem voor gek wil zetten. Hij zucht, staat op en zegt: 'Je gaat binnenkort uit de soap, Lauren.'

Ik probeer aan andere dingen te denken, knijp mijn handen samen om niet te huilen, gun hem niet dat ik ga zitten grienen. Ik dwing mezelf strak naar de foto achter hem te kijken. Ik moet uit de soap, dat zei hij net, Johan die met mijn moeder mijn contract besprak, was dat gisteren of veel langer geleden? Ik kijk nog een keer naar de foto, toen die gemaakt werd had ik nog niks met Tammo, of toch wel, alles loopt door elkaar. Hiervandaan kan ik Sjors zien zitten, ik sta, hoe dat kan begrijp ik niet maar ik ben opgestaan. Ik doe drie stappen en sta bij de deur. Ik draai me om en het lukt, ik zeg heel duidelijk: 'Nou, dat is dan dat.'

En ik doe de deur achter me dicht. Niet met een klap, maar heel voorzichtig.

Drie minuten geleden voelde ik me gelukkig. Nu ren ik de trap af naar mijn kleedkamer. Ik zie Herma en ren de wc binnen. Niemand mag me zien.

Eenmaal in mijn kleedkamer kijk ik door een kier of de gang vrij is. Ik wil naar Daniëlle maar daar is het vol. Sjors komt achter me aan gerend, wil een arm om me heen slaan maar ik duw haar weg. De enige die ik nodig heb, Do, is uit de soap. Willemien komt de trap op terwijl ik naar beneden ren en ziet natuurlijk dat er iets met me aan de hand is. 'Lauren, wat is er gebeurd?' roept ze. Ik wil iets verzinnen maar bedenk dat het toch gauw bekend zal zijn, dus roep over mijn schouder terug: 'Niks, ik ga uit de soap, dat is alles.' Voor Willemien iets kan antwoorden sta ik buiten.

Ik ben nog niet thuis of Tammo belt. Hij begint heel lief maar als hij begint over 'ik heb je wel eens gewaarschuwd' en 'ik heb nooit begrepen dat je geen lessen nam' hang ik op. Schoolmeester. Nadat ik wat gekalmeerd ben, bel ik mijn moeder. 'Kind nou toch, wat naar voor je, ik zal eraan moeten wennen geen bekende dochter meer te hebben.' Die hang ik dus ook op. Wat is dat nou voor moeder, die direct over zichzelf begint?

Omdat in mijn kamer de muren op me af komen, besluit ik naar het café op de hoek te gaan. Telefoon: mijn vader. 'Ik heb net gehoord wat je is overkomen en ik vind dat verdrietig voor je. Ik ben niet de geschikte persoon om je nu te helpen, maar zodra je de schok verwerkt hebt, moet je me bellen en dan gaan we samen ergens eten.'

Mijn vader!

Dat telefoontje krikt me even op. Maar dat duurt niet lang. In het café zit Harry, fanatiek soapkijker en sinds ik hier woon een soort oudere vriend, dat er iets met me is. Ongevraagd zet hij een glas wijn voor me op de bar en zegt: 'Vertel het maar, meisje, hebben ze je niet meer nodig?' Ik kijk hem verbaasd aan, hij tikt met zijn bierglas tegen mijn glas en zegt: 'Het is een hard bedrijf, Lauren, zo lang het goed gaat is het geweldig, maar voor jou tien anderen.'

Die komt hard aan.

Voor mij tien anderen.

Het lijkt twintig jaar geleden dat ik nog nuchter tegen het hele soapgebeuren aankeek. Dat ik nog zei dat Sandra natuurlijk geen honderd zou worden in de soap. Toch ben ik dat gaan geloven. Dat Sandra op een dag overbodig zou worden, kwam niet in m'n hoofd op. Nog vier weken en ik ben weer alleen maar Lauren. Die geen mens kent.

Er komt een man naast me zitten, hij kijkt naar me en wat zegt-ie? 'Jij bent dat meisje uit *Het blauwe huis*. Daar kijk ik bijna iedere avond naar. Hoe je heet weet ik niet, maar je doet het goed. Vertel es, komt het weer goed tussen jou en die knul, moeilijk mannetje lijkt me dat.'

De man heeft geen idee dat ik Lauren heet. Interesseert hem ook helemaal niks.

Waarom vind ik het erg om weer alleen maar Lauren te worden?

De laatste weken gebruik ik om me zoveel mogelijk voor te bereiden op een leven na de soap. Ik dwing mezelf aan Herma en Marjo te vragen of ik óók audities zou kunnen doen en hoe dat dan moet. Ze raden me aan foto's van mezelf te laten maken, maar dan wel bij een goede fotograaf want 'anders kun je het net zo goed laten'. Ze geven me adressen van castingbureaus.

'Je krijgt heus wel wat,' zegt Marjo, 'maar je krijgt het niet aangeboden. Je moet er veel voor doen. Als je echt serieus verder wilt, moet je zang- en danslessen nemen.'

Ik ga niet naar een fotograaf, ik bel noch schrijf een castingbureau en als ik van Marjo te horen krijg wie ik moet bellen om te vragen of ik een auditie kan doen voor een musical bel ik niet. Waarom ik zang- en danslessen zou moeten nemen is me ook niet duidelijk. Niets is me duidelijk. Ik durf niks en ik weet niet wat ik wil.

Zonder er iets voor te doen ben ik in de soap gerold. Mijn moeder stuurde mijn foto. Een screentest en ik had de rol.

Van nature ben ik al niet de ijverigste en door de soap ben ik alleen maar luier geworden.

De weken gaan voorbij alsof er niets gebeurd is. Alsof ik volgend jaar weer gewoon meedoe. Maar ik weet wel beter. Ik zal nooit die keer vergeten dat ik in de green room naast Paul en Marjo ging zitten. Herma had me verteld dat Paul erg enthousiast over Marjo was en aan Johan had gevraagd of hij niet meer scènes met haar zou kunnen krijgen. Nou, als Paul dat vraagt, wordt dat zeer serieus genomen. Voordat ik naast ze kwam zitten, hadden ze kennelijk gehoord dat ze in de nieuwe verhaallijn veel met elkaar zouden spelen en daar zaten ze druk over te praten. Tot ik dus naast Paul ging zitten. Ineens hielden ze op en beiden groetten mij zo overdreven hartelijk dat ik maar één ding kon bedenken: ik hoor er niet meer bij. Ik zit hier nog wel, maar ik ben al op weg naar de uitgang.

Niets hielp. Als ik alleen ging zitten, werd er geroepen: 'Lauren, kom bij ons.' Maar als ik erbij kwam, was het niet meer als vroeger. Toen Johan me zei dat ik er over vier weken uit was, dacht ik: ik heb in ieder geval nog vier weken. Maar na een paar dagen verlangde ik naar het eind.

En vanavond is het dan zover. Mijn afscheidsfeestje.

Bezorgde me ook nog een dreun. Het feest is niet voor mij alleen, maar ook voor Roland. Die gaat er zelf uit, heeft een hoofdrol in een film en 'kan dat niet met dit werk combineren'. Ik kon hem wel doodslaan toen hij dat opschepperig kwam vertellen. Ik heb vanaf de eerste minuut een hekel aan hem gehad en nou krijg ik uitgerekend samen met hem een feestje. Voor mij hoefde dat feest al niet, maar samen met hem hoeft het helemáál niet.

Behoorlijk zenuwachtig en met nu al een huil ergens achter in m'n keel loop ik de trap op naar de green room. Roland loopt voor me, draait zich om en zegt: 'Voor jou is deze avond anders dan voor mij. Ik krijg vanavond waarschijnlijk de kans niet meer, daarom zeg ik het nu maar. Ik vind het jammer dat ik nooit een verhaallijn met je heb gehad, want ik vond je een verdomd goede Sandra. Ik weet niet wat je na vanavond gaat doen, maar ik wens je heel, heel veel succes.' Ik struikel bijna en moet mijn best doen niet nu al te grienen.

Hij pakt mijn hand en zo stappen wij binnen.

Do is speciaal voor mij gekomen. Ik zie haar en moet alweer bijna grienen.

Drie maanden geleden had zij haar feestje. Nu zit ze tussen de anderen alsof ze nooit weg is gegaan. Ik ben nog scherp genoeg om me nogmaals te realiseren dat er een groot verschil is tussen zelf weggaan of weg moeten gaan. Ik duw die gedachte weg, wil ook niet denken dat ik zeker weet dat ik nooit meer terug zal komen, voor niemand niet. Zoals het me onmiddellijk opviel dat Do gekomen was, zo valt het me ook direct op dat Tammo er niet is. Ik vind dat zo'n rotstreek dat ik het niet kan laten Daniëlle te vragen of zij weet waar Tammo is. Die antwoordt pinnig: 'Had je dan verwacht dat hij wél zou komen?' Ze ziet dat ik schrik en zegt lief: 'Vergeet die jongen nou maar, morgen begin je een nieuw leven, voor je het weet ben je getrouwd en loop je achter een kinderwagen.'

Daar moet ik om lachen en vanaf dat moment stort ik me in het feest.

Alle vrouwen uit de cast zingen een lied dat ze speciaal voor mij gemaakt hebben. Ik versta er amper iets van, maar het schijnt erg grappig te zijn want iedereen lacht hard. Ik het hardst van allemaal. Van de cast en de crew krijg ik een boek waarin iedereen iets heeft geschreven. Bij de eerste de beste bladzijde houd ik het niet meer. De tranen biggelen over mijn wangen en hoe verder ik lees, hoe erger ik moet huilen. Op iedere bladzijde staat 'ik zal je missen' en 'ik hou van je' en voor één avond geloof ik dat. Omdat ik het wil geloven. Omdat ik niet kan geloven dat ik er morgen niet meer bij hoor.

Ik drink veel te veel en zie om elf uur de muren om me heen zwabberen. Of mezelf om de muren heen zwabberen.

De een na de ander gaat naar huis, ik word omhelsd en gezoend en bijna iedereen zegt: 'We blijven elkaar zien hoor, Lauren.' Ik geloof het.

Pas als Paul naar me toe komt en zegt: 'Ik moet helaas naar huis, Lauren. Ik vind het jammer dat je ons gaat verlaten, je bent een lief kind en je bent intelligent, over jou maak ik me geen zorgen,' dringt tot me door dat het voorbij is.

'Weet je nog dat je een hele tijd geleden tegen me zei dat het voor jou een roeping was om acteur te worden en dat ik niet te lang in de soap moest blijven hangen?' vraag ik. Hij knikt en ik ga door: 'Nou, die beslissing heb ik niet zelf hoeven nemen, die is voor me genomen.' Eigenlijk wil ik hem vragen of hij me nu wil zeggen of hij vindt dat ik talent heb, maar voor ik mijn mond durf open te doen, antwoordt hij al. 'Ik zei ook dat ik het zonde zou vinden als je alleen maar in de soap zou blijven omdat het een makkelijk leventje is. Nu je de soap hebt verlaten, wens ik je veel succes met wat je ook gaat doen.' Hij geeft me een zoen.

Ik wil niet weg.

'Blijf nog even,' roep ik aan één stuk door, 'het is nog veel te vroeg, de drank is nog lang niet op.' Maar de klok tikt door. Plotseling is de green room akelig leeg.

Johan zegt dat ik een taxi mag nemen en loopt met me mee naar buiten. Ik weet geen woord tegen hem te zeggen. Op straat, wachtend op de taxi zegt hij: 'Ik vind dit het moeilijkste onderdeel van mijn werk, Lauren. Ik weet hoe je je nu voelt. Toch hoop ik dat je later met mooie herinneringen aan deze tijd zult terugdenken.'

Ik voel de tranen weer komen, maar vecht er heftig tegen. 'Dat hoop ik ook,' mompel ik.

Daar is de taxi. Beladen met cadeaus stap ik in. Ik draai me om, maar Johan is al naar binnen.

'Feestje gehad?' vraagt de chauffeur. 'Je was zeker jarig.'

Thuis hoorde ik wel eens dat iemand in een gat gevallen was. Ik begreep natuurlijk wel dat ik dat niet letterlijk moest nemen, maar wat ik me er precies bij voor moest stellen... geen idee.

Ik denk dat ik nu weet wat het betekent. Ik ben letterlijk in een zwart gat gevallen. Dat duurt nu al drie maanden.

Do belde gisteren en vroeg hoe het met me ging. Stelde voor samen naar de bioscoop te gaan en na afloop wat te drinken. Ik loog dat ik een afspraak had, maar daar tuinde ze niet in. 'Zal ik langskomen?' vroeg ze. 'Als je dat maar laat,' gilde ik. En ik meende het. Ze hing geschrokken op en zelfs de gedachte haar nooit meer te zien deed me niks.

Het is alsof er watten in mijn hersens zitten.

Karin kwam al heel snel nadat ik uit de soap was met de *Privé*, waarin met grote letters stond: 'Lauren Bolk verdrietig over vertrek uit succesvolle soap.' Daaronder een lang verhaal dat ik weigerde te lezen. 'Wat is er met je aan de hand?' vroeg Karin. 'Vroeger vond je het prachtig als je erin stond.' Ik vond het lief dat ze uit zichzelf gekomen was en wilde haar dat ook zeggen, maar kon het niet. Ik wist precies wat ik wilde zeggen, maar zei boos dat ik 'haar toch niet gevraagd had te komen' en 'dat ik het liefst van alles alleen gelaten wilde worden'.

Na een halfuur stond Karin op en verzuchtte dat er met mij geen land te bezeilen was. Bij de deur wachtte ze nog of ik wat zou zeggen, maar ik bleef stug zwijgen. Ze was nog niet aan de andere kant van de deur of ik zat weer voor me uit te staren.

Zelfs een keer flink huilen is er niet meer bij. Vaak pak ik de map waarin ik alles over mijn tijd in de soap bewaard heb. Het is dan mijn bedoeling rustig te gaan zitten en me heel lang met de inhoud van die map bezig te houden. Vergeet het maar, na een minuut smijt ik de map in een hoek van mijn kamer.

In het begin belde mijn moeder iedere dag. Na een tijdje luisterde ik niet eens de voicemail af. 'Je moet niet bij de pakken neerzitten' en 'gebruik je bekendheid om iets anders te krijgen', of 'ga fitnessen, dat helpt mij ook altijd' kon ik er echt niet bij hebben. En toch verlangde ik verschrikkelijk naar thuis. Vooral naar Chrisje.

Maar ik ging niet. Soms kwamen de muren op me af en toch bleef ik binnen. Snel boodschappen doen en terug naar mijn kamer. Als ik het echt niet meer hield, liep ik naar het café op de hoek, ging in een hoekje zitten en rookte en dronk. De ene sigaret na de andere. Mijn glas nog niet leeg of ik bestelde een volgende. Stomdronken zat ik te wachten tot iemand me misschien herkende. Maar geen hond.

Een keer werd ik zo stapelgek in mijn kamer dat ik in de tram ging zitten. Ik pakte de eerste tram die stopte en liep die van begin tot eind door. Geen mens die me herkende. Ik ging tegenover een meisje van mijn leeftijd zitten, maar niks. Hoe bestaat het? Kort geleden ging ik schuw achterin zitten omdat iedereen naar me keek!

Mijn vader schreef een brief. Die las ik niet.

Albert nodigde me uit een avondje samen te eten. Ik loog dat ik een tijdje met een vriendin wegging. 'Waarheen?' wilde hij weten. Zonder een seconde na te denken antwoordde ik dat ik naar Schiermonnikoog ging, waar de ouders van het meisje een huis hadden. Liegen, toch iets geleerd als actrice.

Na drie maanden moet ik naar de tandarts. Op de trap naar mijn kamer ligt een kaart met de mededeling dat ik voor mijn halfjaarlijkse controle verwacht word. Waarom weet ik niet, maar ik gooi de kaart niet weg en ga.

Ik ben al vaker bij die tandarts geweest, hij weet dat ik in de soap zit. 'Met jou ben ik altijd gauw klaar,' zegt hij. Ik doe m'n mond open, hij kijkt... 'Jongedame, leef jij wel verstandig, je gebit is sinds de vorige controle opvallend achteruit gegaan.'

Voor het eerst lijkt iets tot me door te dringen. Dat gevoel van 'wat kan het mij allemaal schelen' verdwijnt en ik vertel zomaar dat ik uit de soap ben gezet en dat ik daar absoluut niet mee weet om te gaan. 'Ik drink en rook veel te veel en ik eet heel ongezond,' biecht ik op.

De tandarts, van wie ik amper z'n naam weet en met wie ik nog nooit meer dan het noodzakelijke besproken heb, schuift zijn kruk naar me toe, duwt zijn bril omhoog en kijkt me zo vriendelijk aan dat ik ineens wil dat hij m'n vader is. 'Ik ben maar een simpele tandarts, ik heb nog nooit naar die soap van je gekeken, mijn hobby is fotografie, ik acht mezelf een vrij nuchter mens. Wat het dus voor een jonge actrice betekent als ze haar werk, en ik neem aan dat je dat leuk vond, niet meer kan doen, begrijp ik maar ten dele. Wat ik heel goed begrijp, is dat je gebit in korte tijd flink achteruit is gegaan. Dat is mijn terrein, daar weet ik het een en ander van. Voor zielsproblemen moet je ergens anders zijn. Maar als je tandarts zeg ik: stop jezelf zielig te vinden. Ja, daar kijk je van op, dat ik dat zomaar durf te zeggen. En toch zeg ik het, omdat je op mijn dochter lijkt en die... tjonge jonge jonge, die kan zichzelf zo verschrikkelijk zielig vinden dat ik het bijna ga geloven. En nou moet je wegwezen, anders zitten de mensen te lang te wachten. Dus goed onthouden, aan het werk met jezelf en over een halfjaar verwacht ik een stralend meisje met een perfect onderhouden gebit.'

Ik lach naar iedereen in de wachtkamer en besluit het hele eind naar huis te lopen. Af en toe zie ik mensen naar me kijken en ook naar hen lach ik. Ik koop bloemen en zet die in een vaas. En al die tijd denk ik na over wat die tandarts heeft gezegd. Dat ik op moet houden mezelf zielig te vinden.

Ik word wakker en het is meteen weer goed mis met me. Voor ik er goed en wel erg in heb, zit er een sigaret tussen m'n lippen. Terwijl ik mezelf voor ik ging slapen beloofd had nooit meer te roken. Ik heb gloeiend de pest over mijn slappe gedrag en vergeet al mijn goede bedoelingen. Ik draai me om en probeer nog wat te slapen. Een straal van de zon, recht in m'n gezicht, maakt dat ik opsta. Wat moet ik in godsnaam gaan doen? Ik kijk naar buiten, het is schitterend weer. Zal ik naar het strand gaan? Waarom niet, ik ben een vrij mens tenslotte.

Een halfuur later rijd ik naar Scheveningen en weer een halfuur later loop ik langs het strand. Ik krijg dorst en merk dat ik in de haast om weg te komen niks gegeten heb. Aan de rand van de duinen ligt een strandtent, vlak naast een bord waarop staat dat dit het naaktstrand is. Een man smeert zijn vrouw in, vlak naast de paal. Alsof ze niet konden wachten zich uit te kleden. Ik heb er niks mee, die behoefte in je blote kont te lopen. Van mijn leeftijd doet ook niemand dat, naaktlopen is dus kennelijk alleen voor bejaarden. Vreemd. Dat zal me net nu gebeuren, op een bijna leeg strand om negen uur in de ochtend zitten twee mensen zich in te smeren en die herkennen mij van de soap! Mij!

'Hé wat leuk,' roept de mevrouw als ik langs haar en haar smerende man loop, 'moet je kijken lief, dat is dat meisje uit die soap.' En dan direct tegen mij: 'Dag Sandra, wij vonden je goed spelen en missen je hoor. Echt jammer dat je niet meer meedoet. Mis je het zelf ook?'

Daar heb je het weer.

Waarom snauw ik: 'Voor geen meter. Ik ben blij dat ik eruit ben.'? 'Meen je dat nou,' zegt de mevrouw, 'wat naar om te horen. Ik dacht altijd dat jullie voor je plezier acteerden.'

Ik sta voor de strandtent. Op een deur hangt een bordje met SELFSERVICE, maar de deur is op slot. Aan de zijkant is nog een deur en die is niet op slot. Binnen is geen mens. Ik loop achter de toonbank, snuffel wat rond en kom bij de kassa. De sleutel zit erin. Ik maak 'm open en tel 1460 euro. Wat is hier aan de hand? Deur open, sleutel op de kassa, geen mens te zien. Ik ga op het terras zitten, eens moet de eigenaar toch komen. Zou je denken. Na een halfuur komt er een man aangelopen. Hij draagt alleen een zwembroek. 'Zit je hier al lang?' vraagt hij. Ik vertel hem hoe ik zijn tent aantrof en verwacht dat hij zal schrikken. Of misschien niet schrikken, dan toch in ieder geval dat hij me zal bedanken dat ik er niet met de poen vandoor ben gegaan. Niks van dat alles. Hij lacht en vertelt dat hij naar een tent een paar honderd meter verderop ging om even te kletsen maar 'dat het wat uit de hand liep'. Vervolgens loopt hij naar binnen en kijkt verbaasd in de kassa. 'Tjonge, wat stom van me.' Hij lacht weer. Hij vraagt of ik wat wil drinken en komt bij me zitten.

Ik vind hem aardig.

Dat-ie zo helemaal niks zegt over het feit dat ik een halfuur op zijn tent heb gepast en niks heb gejat. Hij straalt een enorme rust uit en dat is na alle hoogst onrustige maanden die achter me liggen precies wat ik nodig heb. Hij heet Peter en hij woont 's winters op een eiland voor de kust van Thailand. 'Dan wil ik geen mens zien, ik ga vissen en verder niks. Dit is mijn vierde strandtent, ik doe dit al dertig jaar.'

Ik vraag hem wat hij nou zo leuk vindt aan een restaurant op het strand hebben, of het net zo romantisch is als het lijkt.

Eerst vraagt hij hoe ik heet en dan gaat hij in op mijn vraag. 'Geen mens komt naar het strand voor z'n chagrijn. Er is dus altijd een leuke sfeer. Momenteel lopen er acht jonge mensen rond, we werken met elkaar. Ik probeer ze te motiveren, want ik heb natuurlijk ook wel eens jongelui die het niet zien zitten.' Plotseling kijkt hij me aan en zegt: 'Ik kan best een meisje gebruiken, als je ervoor voelt...'

En voor ik weet wat ik doe, zeg ik: 'Wanneer kan ik beginnen?'

Ook die reactie lijkt hij normaal te vinden. 'Wat zou je zeggen van morgen?'

'Mij best, zeg maar hoe laat.'

En zo begin ik aan mijn eerste echte baan. Want de soap was geen baan. Tenminste, zo heb ik het nooit beschouwd.

35

Peter is de vreemdste man die ik ooit heb ontmoet. Het lijkt of niets hem iets kan schelen, alsof geld hem totaal niet interesseert. Maar ik kom er gauw achter dat hij heel goed weet waar hij mee bezig is. Hij gaat soepel met ons om, maar is wel de baas. Als hij zegt: 'Lauren, zet die parasol even overeind,' ren ik al weg. Omdat ik blij ben bij hem te werken.

We hoeven van hem ook niet langs de tafeltjes te rennen om te controleren of de mensen wel genoeg eten en drinken. 'Er zijn al zo veel regels in de wereld,' legde Peter me uit, 'ik wil dat doorbreken. Hier moeten de mensen zich prettig voelen. Mij maakt het niets uit of ze één kopje koffie op een dag drinken of tien. Als iemand water wil, krijgt hij water en geen flesje Spa. Het gaat mij niet om het verdienen, sommige mensen hebben meer geld dan andere. Geloof mij maar, Lauren, je leeft prettiger door positief te denken dan door alles negatief te benaderen.'

Vaak neemt hij me apart om me kort, bijna achteloos, te vertellen hoe hij het leven ziet. Hij doet dat ook met de anderen, maar toch heb ik het gevoel dat hij mij vaker apart neemt. Op een avond vraag ik hem ernaar. Als het een drukke dag is geweest met veel eters, blijven we meestal met z'n allen nog na. Dat vind ik het mooiste van mijn baantje, met een groep van mijn leeftijd bij elkaar op het terras zitten, het geruis van de zee, de schaduwen op het strand, en dan zachtjes wat met elkaar praten. Eerst over dingen die vandaag gebeurd zijn. 'Hebben jullie dat dikke mens in die knalroze bikini gezien, nou, dat mens maakt d'r tas open en haalt er een flesje uit. Loopt naar de toiletten, ik erachteraan en wat doet ze? Vult dat flesje, gaat op haar stoel zitten en vraagt mij of ik een glas heb! Dat geloof je toch niet! En wat zegt Peter? "Laat maar, als ik me daarover moet opwinden had ik geen strandtent moeten beginnen."'

We lachen om de manier waarop Marleen vertelt en kijken vertederd naar Peter. Of ik kijk alleen vertederd naar hem, dat kan ook, want ik ben gek op hem. Niet verliefd of zo, daarvoor is hij te oud. Ik zie in hem ook geen vader. Wat ik bijzonder aan hem vind, is de manier waarop hij leeft en denkt. Alsof hij alles al heeft meegemaakt en niets hem uit z'n evenwicht brengt. Ik wacht tot iedereen weg is en ik met hem alleen zit en vertel dan, waarom ik dat doe weet ik niet, dat ik in een soap heb gespeeld.

'Dat weet ik,' zegt hij.

'Daar heb je nooit iets van laten merken.'

'Is dat belangrijk voor je?'

'Het was verschrikkelijk belangrijk voor me.'

'Nu niet meer?'

Ik heb een hele tijd nodig voordat ik een antwoord kan geven. 'Ik durf het bijna niet hardop te zeggen, maar... ja, de soap ligt voorgoed achter me.'

'Jij gaat naar huis en ik ga slapen,' zegt Peter.

Terwijl ik naar mijn fiets loop, bedenk ik dat ik Peter daarom zo bijzonder vind. Dat hij mij dingen laat ontdekken en het daarbij laat. Ik kom tot een heel belangrijke ontdekking en hij gaat er niet op door. 'Jij gaat naar huis en ik ga slapen.'

Heb ik ooit met zo'n rust in me op mijn fietsje gezeten?

De volgende morgen word ik wakker van de telefoon. Mijn vader. Dat het hem spijt dat het zolang geduurd heeft, maar of we vanavond kunnen eten. 'Als je dan eerst een borrel bij mij komt drinken, want je bent nog nooit bij me geweest,' zeg ik.

De hele dag loop ik als een gek heen en weer van de zenuwen.

Stofzuigen, alles met een lapje afnemen, schone lakens, schone theedoek, uren ben ik bezig. Het is goed te merken dat ik maanden niks gedaan heb, ik schaam me voor mijn eigen vuil. Wat drinkt mijn vader eigenlijk? Ik nodig hem nou wel uit voor de borrel, maar weet niet wat ik in huis moet halen. Thuis drinkt alleen mijn moeder, ik heb mijn vader nog nooit... wacht es, hij drinkt bier. Nou herinner ik het me weer. Dus bier en wat te eten erbij.

We hebben het niet over een tijd gehad, maar om vijf uur zit ik klaar. Onzin natuurlijk, want mijn vader is nog nooit vóór vijf uur thuis geweest, maar het zal me niet gebeuren dat hij komt als ik nog niet klaar ben. Moet ik de muziek uitdoen? Thuis schreeuwt hij altijd naar boven: 'Kan het niet wat zachter?' Mijn ouders hebben nooit muziek aan, mijn moeder beweert dat zij wel zou willen maar dat mijn vader er niet van houdt. Dat klopt volgens mij niet, want mijn vader zit de hele dag op kantoor dus ze zou makkelijk wat op kunnen zetten. Ik kan geen minuut zonder, soms val ik in slaap met muziek aan.

Halfzes.

Zou hij met de auto komen? Kijken of hij ergens kan parkeren. Nee, nergens een plek. Zal ik de toastjes vast smeren of zijn ze dan slap als hij er is? Beter nog even wachten. Aan een slappe hap heeft hij ook niks.

Telefoon. Als-ie nou maar niet zegt dat het niet doorgaat.

'Bolk, ik ben het. Volgende week hebben we reünie van school. Gaan we daar samen heen?'

'Ja, hartstikke leuk. Ik dacht dat je mijn vader was.'

'Je vader?'

'Die komt bij me borrelen en dan gaan we eten.'

'Wat goed! Je klinkt een stuk beter, Bolk.'

'Het gaat ook beter met me.'

'Werk je nog bij die strandtent?'

'Nog veertien dagen, dan gaat-ie dicht.'

'Ik moet ophangen, bel vanuit ziekenhuis. We bellen nog over de reünie.'

'Ka, bedankt.'

'Bedankt waarvoor? Ik bel je alleen omdat ik niet in m'n eentje naar die reünie durf.'

Trouwe Karin. Nooit verwacht dat ik me erop zou verheugen met Karin naar de reünie van onze school te gaan.

De bel.

Ik hol de trap af. Omhels mijn vader.

Hij heeft een bos bloemen bij zich. Van de zenuwen laat ik mijn enige vaas uit m'n handen vallen. Gelukkig zat ik goed met bier.

Door het telefoontje van Karin ben ik vergeten de toastjes te smeren. 'Geeft niets,' zegt mijn vader, 'dan kan ik op m'n gemak rondkijken.'

Eindelijk zitten we.

Waarover heb je het met je vader? Over kantoor? Daar heb ik nog nooit naar gevraagd!

Waar hij de auto heeft geparkeerd.

Om de hoek.

Waar anders? Maar ik doe alsof ik dat hoogst interessant vind. 'In deze straat parkeren is hopeloos,' zeg ik. Waarop mijn vader weer zegt dat hij dat direct zag en daarom een rondje heeft gereden. 'Goed dat je nog een plek vond,' zeg ik. 'Op dit uur van de dag is het helemaal verschrikkelijk.'

Zo kunnen we nog een paar uur doorgaan.

Mijn vader schraapt zijn keel en ik denk: hou je vast, nu komt er iets ernstigs. Maar hij doet me de groeten van Chrisje die al zo groot wordt. Weet ik ook weinig op te zeggen, dus ik knik maar wat en zeg dat ik de laatste keer dat ik thuis was mijn ogen niet kon geloven.

'Je komt niet graag thuis, hè?' vraagt mijn vader en ik denk: nu gaat het beginnen.

Maar hij verwacht niet echt een antwoord. Tenminste, hij gaat zelf door. 'Begrijp ik ook wel. Jij leeft hier, je blik is gericht op de toekomst, thuis blijft alles bij het oude.'

'Moet je niet zeggen. Net belde Karin, we gaan samen naar de reünie van onze school.'

Mijn vader lacht.

Ineens flap ik eruit: 'Je moet meer lachen. Staat je goed.'

'Als ik nog een biertje krijg, zal ik meer lachen,' zegt hij. Met weer die lach.

Ik ga naast hem op de bank zitten. Tegenover hem staat zo stom. Is-ie ook zo ver weg.

'Wat drink jij?'

'Ik heb een tonic.'

'Zit er niks in?'

'Natuurlijk niet.'

'En jij denkt dat ik dat geloof?'

'Proef maar.'

Hij neemt een slok en zegt: 'Ach, Lauren, je moest eens weten hoeveel zorgen ik me om jou heb gemaakt.'

'Waarom dan, papa?'

'Om de soap. Om je vertrek uit huis. Zo jong en, laten we eerlijk zijn, ook zo onervaren. Je moeder...' En dan met een zucht: 'Ze bedoelt het allemaal zo goed. Jij bent alles voor haar. Ik heb daar verkeerd op gereageerd. Dat spijt mij heel erg.'

We zeggen een tijdje niks. Dan neemt mijn vader een slok en zegt: 'Ik ben voor jou gekomen, om te horen hoe het met je gaat, niet om over vroeger te praten.'

'En om te horen wat mijn plannen zijn.'

Ik zeg het ernstiger dan ik het bedoel.

'Dat ook, al gaat het daar niet in de eerste plaats om.'

Mijn vader neemt nog een grote slok, hij heeft schuim rond zijn mond, zo ken ik hem niet. Hij wil z'n mond afvegen, maar ik zeg dat hij het nog even moet laten zitten. Hij kijkt me aan en zegt: 'Wat ben je toch een merkwaardig kind.'

Ik weet er niks op te zeggen en hij gaat er niet op door.

Hij begint over de soap en blijkt er tot mijn verbazing veel van af te weten. 'Ik dacht dat je er nooit naar gekeken had,' zeg ik en hij trekt zijn schouders op. 'Natuurlijk heb ik gekeken, niet iedere avond, maar voldoende keren om een indruk te hebben. Ik wist al maanden van te voren dat je verliefd zou worden op die Tammo, in het echt dan, en ik was blij toen ik hoorde dat het uit was. Geen jongen voor jou.'

We vergeten de tijd.

Plotseling kijkt mijn vader op z'n horloge en roept: 'We moeten gaan! Ik heb een tafel besproken om halfacht en het is nu al half-acht. Gelukkig is het vlakbij.'

We rennen de trap af.

'We kunnen lopen,' zegt mijn vader. Ik wil hem vragen hoe het komt dat hij Amsterdam zo goed kent, maar hij neemt zulke grote stappen dat ik hijgend naast hem loop. Pas als we in het restaurant zitten en ik ben uitgehijgd vraag ik het.

'Er is zoveel dat je niet over je vader weet, Lauren,' zegt hij, 'maar dat hoeft ook niet. Vanavond hebben we het alleen over jou.'

'Dan zitten we hier morgen nog,' zeg ik.

Mijn vader lacht, maar plotseling vraagt hij of ik weet wat ik wil gaan doen.

'Ik heb besloten te gaan studeren.'

Ik weet niet wie verbaasder is over mijn antwoord, hij of ik. Want tot een seconde geleden had ik dat helemaal niet besloten.

We zwijgen een tijdje.

'Weet je nog dat ik, vóór je die screentest ging doen, tegen je zei: "Je weet nog niet wie je bént".'

Ik knik.

'Dan begrijp je nu waarom ik, in tegenstelling tot je moeder, niet enthousiast was over die soap. En dat ik dat over je moeder zeg, bedoel ik dat niet onaardig, begrijp me goed.'

Dat hij mijn moeder erbij haalt, brengt me in de war. Daarom zeg ik, en het komt er bitser uit dan ik bedoel: 'Papa, we moeten nu niet doen alsof het vroeger, voor de screentest, alleen maar koek en ei tussen ons was.'

Mijn vader neemt een slok van zijn biertje, legt heel even een hand op de mijne en zegt: 'Dat weet ik, maar wat niet is kan nog komen, Lauren.'

Ik wil daar een heleboel op antwoorden, maar besluit dat het beter is niet dieper op het verleden in te gaan. Het lijkt of hij mijn gedachten raadt, want plotseling pakt hij m'n hand weer en zegt: 'Je hebt ongetwijfeld vaak het gevoel gehad dat je mij kwijt was. Geloof me als ik zeg dat ik dacht dat het beter was je los te laten en je het kind van je moeder te laten zijn. Maar ik heb je nooit helemaal losgelaten...'

'En dus is het niet zo dat ik vanavond mijn vader terugkrijg,' vul ik aan.

'Zo is het,' zegt mijn vader.

Een tijdje zitten we tegenover elkaar zonder iets te zeggen. Maar het is geen akelige stilte. Heb ik me ooit zo op m'n gemak gevoeld met mijn vader? Dat vraag ik me af. Nee, nooit.

Daarom zeg ik ineens: 'Jij wilt niets liever dan dat ik ga studeren. Ik durf er wat om te verwedden dat je al heel lang weet wat ik volgens jou het beste kan doen. Of zoals jij dat noemt, wat het verstandigste is.'

Mijn vader lacht. 'Moet je goed luisteren, Lauren, er is heel wat misgegaan tussen ons. En dat was voor een belangrijk deel mijn schuld. Ik vind het niet leuk om dat te moeten toegeven, maar ik draai er niet omheen. Nu we eindelijk zo, hoe zal ik het zeggen, zo vriendschappelijk tegenover elkaar zitten...'

Ik onderbreek hem. 'Zo echt vader en dochter, bedoel je.'

Aan de tafeltjes naast ons wordt gekeken omdat we zo hard zitten te lachen.

'Jij zegt het, zo echt vader en dochter,' herhaalt mijn vader. 'Dat vader-dochtergevoel is broos, daar wil ik voorzichtig mee omgaan. Ik wil dat niet verpesten. Dus om op je vraag terug te komen: nee, ik ga jou niet vertellen wat voor studie ik voor jou in m'n hoofd heb. Dát je erover denkt te gaan studeren, vind ik geweldig. Ik ben misschien, of laat ik zeggen waarschijnlijk, een strenge, ouderwetse vader...'

Weer onderbreek ik hem. 'Valt best mee hoor.'

'Nee, ik ken mezelf een beetje. Ilse, je moeder, gaat met haar tijd mee. Ze denkt modern. Ik heb daar meer moeite mee. Achteraf gezien begrijp ik niet goed waarom ik zo veel bezwaren had tegen jou in die soap. Waar ik dan zo verschrikkelijk bang voor was. Ik heb me wel eens afgevraagd of ik soms jaloers was.'

'Jaloers?'

'Ja, jaloers. Dat je zo helemaal je eigen leven leidde. Waar ik part noch deel van uitmaakte. Dat mijn verzet tegen die soap niet alleen met jou te maken had, met mijn bezorgdheid om jou, maar ook met mijn teleurstelling je zo jong te moeten loslaten.'

'Dat begrijp ik niet.'

'Hoe moet ik dat uitleggen? Iedere vader moet zijn dochter op een gegeven moment loslaten. Ik heb het daar met Ilse over gehad. Niet vaak, maar we hebben erover gepraat. Zij had niet het gevoel dat ze je losliet. Ik herinner me dat ze een keer zei: "Iedere moeder wéét dat haar kind weggaat. Dat weet je vanaf de geboorte. Daar bereid je je op voor." Misschien gaat dat bij mannen anders. Willen ze er niet aan denken en komt het als een schok. Ik zag er erg tegen op dat jij het huis uit zou gaan. Ik had me voorgesteld dat het heel geleidelijk zou gaan, zoals bij Karin. Niet zo abrupt als bij jou. En eigenlijk nam ik dat de soap kwalijk.'

Ik wil het hem nog een keer horen zeggen. 'Vond je het dan echt erg dat ik het huis uit ging?'

Mijn vader kijkt eerst weg, dan kijkt hij me aan. 'Je bent mijn enige dochter, Lauren. Ik vond het verschrikkelijk.'

Ik voel tranen. Ik wil wat liefs zeggen, maar kom niet verder dan een gefluisterd: 'Papa.'

'Volgens mij hebben we nog nooit zo samen gepraat,' zegt mijn vader na wat een uur lijkt.

'Laten we dat dan voortaan maar vaker doen.'

'Zullen we nou eindelijk iets te eten bestellen?' Mijn vader lacht. 'Ik dacht dat je er nooit mee zou komen. Ik barst van de honger.'

Als we gegeten hebben, brengt mijn vader me naar huis. Hij geeft me een arm.